EL MENSAJE

EL MENSAJE

OMAR RAYO KARDOS

imbuk
EDICIONES

EL MENSAJE
©Omar Rayo Kardos, 2024

IMBUK Ediciones
imbukinfo@gmail.com

Diseño de tapas: IMBUK Ediciones con imágenes de uso liberado.

Registro de Propiedad Intelectual Nº: 2024-A-5536
ISBN: 978-956-6144-23-6

Impresión y distribución por plataformas de impresión bajo demanda

I. Introducción

Siempre será pretencioso intentar un relato de la vida y el ambiente en cualquier lugar, se viva allí o no. Sin embargo, es necesario arriesgarse esta vez para tener algunos antecedentes que nos permitan imaginar el contexto en el que Chile se encontraba a comienzos de los años dos mil.

Para tratar de entender cómo fue posible que sucedieran todos los abusos, es conveniente dar una visión (versión) de lo que estaba ocurriendo entre los años 2000 y 2024: la desinformación; la asunción de autoridades (algunas buenas y otras de pacotilla); los grandes negocios estatales y privados (sanos algunos y no tanto otros). En fin, sucesos enorgullecedores y vergonzosos para los chilenos y para el mundo entero. Es verdad también que esa sensación de caos político, económico, social, educacional, de salud y de seguridad, entre otras áreas, no es propio solamente del siglo XXI, sino que desde que nos colonizaron.

Veníamos de «sobrevivir» al fin de nuestra existencia como planeta o del universo mismo, anunciado con motivo del cambio de milenio. Y lo hicimos a pesar de la trascendencia de la fecha y del presidente Frei Ruiz-Tagle.

Luego, sufrimos por los giros políticos que nuestra sociedad hábilmente manifestaba con su esperanzado voto cada seis años hasta el 2006, en que empezaron los periodos presidenciales de solo cuatro años. Y así, nos paseamos por Lagos, Bachelet, Piñera, Bachelet, Piñera y Boric (en mandato hasta el momento en que ocurren los eventos aquí relatados). Esta historia se desarrolla en los peores momentos de los periodos presidenciales de Bachelet, Piñera y Boric, donde queda claro que los gobiernos de turno solo buscan enriquecerse a costa de cualquier cosa, incluida la vida de sus compatriotas solo por el apetito voraz de poder y dinero, aunque para ello deban sacar de sí toda la miseria y escoria humana que representan y, como si fuera poco, tienden a mostrar que lideran cuando son solo títeres. Valga recordar el dicho que expresa que «todo pueblo tiene el gobierno que se merece», por lo que la mayoría, ignorante o no, obtiene lo que elige.

En lo histórico sucedían acontecimientos nacionales importantes, como la conmemoración del bicentenario de la independencia del país y los temidos terremotos y maremotos a los que siempre está expuesto nuestro pueblo, situado al borde de una enorme cordillera repleta de volcanes y a orillas de un gran abismo marino, en cuya base se encuentra la placa de Nazca.

Los desastres naturales, la politiquería, la corrupción, la mentira en la historia, en la política, en las noticias, en la salud y en todo, han ido conformando nuestra idiosincrasia en el presente siglo. Nuestro pseudo-aislamiento geográfico inicial ha sido superado por la tecnología en transporte, comunicaciones, etc. Aprendimos buenas y malas costumbres de todo orden. De nada nos ha servido estar rodeados del inhóspito desierto, una tremenda cordillera, el largo litoral y los helados canales australes; igual exportamos lo bueno y lo malo, como también lo hemos importado.

Y pensar que estuvimos a unos pocos metros de alcanzar la categoría de país desarrollado, pero la «sabiduría» de nuestro pueblo se las ingenió para elegir a quienes aumentaron las deudas internacionales, espantaron la inversión extranjera, usaron el tiempo y el dinero para entretenerse en discusiones bizantinas que no trajeron ningún provecho para el país y que lo dejaron expuesto a los abusos de las empresas globales que nos intimidan y nos enferman como quieren.

También hemos estado faltos (muy faltos) de líderes políticos que tengan la virtud de ser honestos y trabajar por el bien del país. Al contrario, hemos tenido que elegir, desde hace mucho tiempo, al menos malo de los representantes, y todos con una alta dosis de favores pendientes, que creen que deben dirigir los destinos del partido político y/o su conglomerado, en lugar de que sea el país el centro de gravedad y esfuerzo de sus limitadas habilidades. Y me refiero a todos, incluidos aquellos que repitieron mandato y que, en vez de consolidar lo poco que hicieron bien, empobrecieron más al país, lo vendieron al mejor postor como laboratorio de experimentos en beneficio personal y de sus asociados y, con ello, aumentaron la desigualdad.

La mejor demostración de que carecemos de líderes políticos es el actual presidente, un joven inexperto en la alta política, usado por manipuladores fanáticos de la política oscura, que se cree un progresista bien asesorado, pero que solo ha demostrado falta de altura en todos los eventos oficiales y privados al hacer caso omiso de los protocolos de su investidura.

Fuimos capaces de destruir, en octubre de 2019, nuestro elogiado Metro de Santiago durante un estallido que llamaron «social», pero que fue delictual. Y, por si fuera poco, al año siguiente nos involucramos como país en una de las farsas sanitarias más grandes y espeluznantes de nuestra existencia.

La segunda década de este milenio también se ha destacado por la inmigración descontrolada y abusiva. Por el ingreso de personas que, en su mayoría, ha sido lo peor de Venezuela y de Cuba. Gente que viene a «asesorar» al gobierno para destruir y empobrecer más rápido nuestro país, a través del aumento de la inseguridad o el pago de pensiones vitalicias a los delincuentes. Para incendiar todo lo que parezca exitoso. En fin, cada vez peor.

En este contexto, nuestra historia «El Mensaje» comienza en el año 2020.

La familia de Juan Fermín Larraín Contreras no era como la mayoría de las familias chilenas. Tenía una situación bastante acomodada, pero sin pertenecer a las más ricas del país.

Su fortuna era consecuencia de la herencia de su abuelo y su padre, pero que él supo mantener, agrandar y convertir o actualizar a las necesidades contemporáneas. Maneja una empresa de telecomunicaciones y ha diversificado sus negocios, lo que le ha otorgado una verdadera tranquilidad económica. También su esposa, Isidora Cañas, aportó con los bienes raíces que sus padres habían conseguido en su vida. Ambos eran muy empáticos y reconocidos como una pareja feliz y con una familia hermosa junto a sus dos niñas.

Nadie imaginaba que algunos meses después toda su familia se desbarataría. Los tres amores de su vida, su esposa y sus dos hijitas, se vacunarían contra lo que llamaron el COVID-19.

II. Laboratorios farmacéuticos

El bullicio que rodeaba a Juan Fermín Larraín Contreras y a otros cientos de personas en el centro de Santiago no ayudaba a su concentración mental. La torpe circulación de la gente apenas permitía evitar los choques de quienes iban y venían por la calle Morandé, desde Compañía, donde hizo un trámite en el Conservador de Bienes Raíces de Santiago, actividades que normalmente hacía alguno de sus abogados, pero que en esta ocasión lo quiso hacer personalmente. Sin embargo, Juan Fermín Larraín pudo abstraerse de su entorno mientras caminaba con su cuerpo aún con algo de sobrepeso y baja estatura, con una calvicie ya declarada y con 41 años de edad, aunque su aspecto expresaba por lo menos diez años más.

Mientras caminaba, pensaba en su tragedia familiar y en los laboratorios farmacéuticos, que son una industria con fines de lucro como cualquiera otra, pero que le generan repugnancia porque se aprovechan del miedo que causa la idea de enfermedad o dolencia. Más aún el pavor que provoca una enfermedad que amenazaría la salud y supervivencia de la población, facilitando así un fraude farmacéutico mundial que finalmente se concretó a partir de diciembre de 2020, cuando empezaron a imponerse vacunas que, en realidad, no serían tales. Todo ello, respaldado por la Organización Mundial de la Salud (OMS), que provocó el pánico a una supuesta pandemia y con publicaciones dirigidas a médicos y gobiernos incautos y corruptos.

Mientras chocaba frecuentemente contra transeúntes que circulaban en sentido contrario, caminaba hacia la avenida Alameda, mascullando en su mente toda la situación que había generado su pérdida familiar. Con una rabia cada vez más incontenible y gran desilusión e impotencia, analizaba cómo los que alguna vez juraron aquello de Hipócrates —los médicos bien formados y con vocación real—, ahora se habían supeditado a las empresas farmacéuticas con una fidelidad y dependencia brutal. Esto implicaba olvidarse de dicho juramento y del Código de Ética Médica para jurar obediencia y lealtad absurda a quienes se han apoderado del negocio de la salud. Ya nadie del sector tiene tiempo ni quiere o puede estudiar por su cuenta. Solo estudian lo que las empresas farmacéuticas dictaminan por sobre todo lo demás. No importan los daños colaterales de cualquier producto ni las causas originarias de la enfermedad, lo que importa es un manejo aparente y prolongado de los síntomas y la ganancia comercial que esto significa. Peor aún, son capaces de generar afecciones y dolencias llamadas «efectos secundarios» que pueden matarnos o, por lo menos, debilitarnos hasta el fin de nuestros días. Días que podrían ser muy pocos.

¿Acaso la pseudo-vacuna tuvo las etapas de desarrollo que se le exigen a una nueva vacuna? Había leído el primer volumen de la obra Sin censura to you y en él, sus profesionales médicos indicaban que los ensayos farmacéuticos para producir una sustancia experimental que pueda a ser catalogada y suministrada como vacuna requiere de cinco etapas, sumando un mínimo de diez años y medio y un máximo de diecisiete años y medio. Sin embargo, las que desarrollaron estos laboratorios no les tomó más de seis meses.

Cuando llegó finalmente a la esquina del edificio central del Banco del Estado en avenida Alameda con la calle Morandé, siguió absorto en sus pensamientos junto al semáforo en rojo para cruzar al costado sur. Pensaba en que las pseudo-vacunas de la inventada pandemia del 2020 son la manifestación más grosera, infame, cruel y genocida que ha existido, donde todos los cercanos al mundo de la salud, la farmacéutica y la política eran cómplices, con o sin conocimiento.

La mayoría de los científicos del área de la salud resultaron ser pastores de una nueva religión con delantal blanco, donde los vendidos pasaron a ser un equivalente a obispos y cardenales cuya palabra involucraba un dogma de fe y aceptación por parte de todos los feligreses. Sin embargo, estos «profesionales» no hacían más que seguir órdenes y disposiciones de la cúspide de una perversa élite y sus lacayos, cuya existencia ya está conociendo gran parte de nuestro mundo, descubriendo con terror que estos siguen lineamientos fratricidas previamente definidos, calculados y practicados.

El interés de los gobiernos incautos y corruptos por poner a las personas a disposición de la sustancia experimental de distintas empresas farmacéuticas, así como la reducción de las libertades esenciales de las personas en nombre de la salud pública, no estuvo basada en preocupaciones racionales o realistas acerca de nuestra seguridad, ya que no fue ningún aporte a la salud. Y, sin embargo, obligaron a la gente de todas las edades, y a la mayor cantidad posible, a inocularse, usando a los medios de prensa hegemónica como cómplices para lograrlo.

Juan Fermín Larraín se decía a sí mismo «¿Cómo la gente no ve lo que yo estoy descubriendo? ¿Acaso era necesario sufrir pérdidas cercanas para ver lo que está pasando?». Con indignación se repetía que había evidencias casi diarias en las noticias en donde se podían distinguir a las más altas marionetas del circo, como los presidentes de países, ministros, asesores, magnates de toda procedencia —tanto legal como ilegal— y autoridades en general, que siguen un juego macabro de exterminio y, quizá desconocido para algunos de ellos, pero haciéndolos cómplices, al fin y al cabo. Abrieron laboratorios con oscuras luces en sus investigaciones y producciones, que cerraron posteriormente; murió gente informada en accidentes dudosos; inventaron nuevas plagas; jugaron con el clima o con los movimientos telúricos; programaron hambrunas artificiales; promovieron el calentamiento global y restringieron, para el común de los mortales, todos los avances gratuitos creados por humanos (o no) y silenciados criminalmente. Así consiguieron que gastemos y nos endeudemos a perpetuidad con los sistemas bancarios, otros integrantes vitales de esta pirámide siniestra. Algo que, finalmente, nos ponía a su entera disposición, en vías de poder ser exterminados cuando sus intereses lo requiriesen.

Se quedó durante, por lo menos, tres luces rojas para peatones, inmóvil en esa esquina, masticando sus pensamientos, desconectado de todo lo que ocurría a su alrededor. Continuó divagando en el tema que absorbía su mente y su tiempo: los macabros juegos de laboratorios con el óxido de grafeno, la proteína Spike y tantos otros elementos que desconocía. Pensó en las autopsias de las víctimas, que mostraban verdaderos «gusanos» largos, como de plástico, que obstruían arterias y venas y no eran producidos por nuestra naturaleza. Reflexionaba en cómo las dictaduras sanitarias que aplicaron muchísimos países obedecían a planificaciones de control social a cambio de favores de todo tipo en beneficio de autoridades y partidos políticos, pero no del bien común de los ciudadanos. «Consiguieron inocular en forma obligatoria a gran parte de la población con algo que no era una vacuna», concluyó, «utilizando a los humanos como ratones de laboratorio». Movido por la rabia e impotencia que estaba sintiendo, quería gritar esta verdad al mundo. Se decía a sí mismo: «Muchos aún no habrán manifestado los síntomas de su deterioro y quizá algún porcentaje de los inoculados puede haber sido beneficiado con un placebo. Dios quiera que sea la mayoría, especialmente los niños».

La pseudo-pandemia nos mantiene hoy, aunque en menor grado, con bastantes cautelas, limitaciones y prohibiciones establecidas anteriormente. Pero la pérdida de sociabilidad, la restricción de movimientos y viajes, el sedentarismo, las compras online, la mala y desviada educación en todos los niveles, el miedo a tener contacto con otras personas, entre otras cosas, ya son consecuencias que se quedarán por muy largo tiempo. Esto indica que son infundados los argumentos de que las vacunas posibilitaron la vuelta a una vida normal. Los impactos negativos en lo psicológico, educativo, social, político y económico provocaron una frustración, desconfianza y temor como efectos premeditados por esa élite que preconiza un nuevo orden mundial.

Juan Fermín siempre tuvo una voz interna que le decía que algo estaba mal con la pandemia y se las ingenió para eludir la inoculación, pero su esposa Isidora Cañas, de treinta y dos años y sus hijas Inés, de siete y María de cinco, lo hicieron, con tres dosis cada una, porque la mamá siempre ganaba en esta discusión. No pudo convencer a Isidora que no se la pusiera, y menos a las niñas, pero el miedo y las restricciones de todo orden en el trabajo, en los viajes para ver a sus familiares por los supuestos contagios, hicieron que ella cayera ante la presión. Para él ya no había duda de que la gente se moría como consecuencia de las malditas vacunas, no por el COVID-19, que era un invento de mierda.

Tras inocularse, tanto Isidora Cañas como Inés Larraín Cañas sufrieron, inicialmente, altas temperaturas y deficiencia cardíaca que las postró en cama con dolores articulares. Luego, con quince días de diferencia, ambas fallecieron de sendos ataques cardíacos. María Larraín Cañas, la menor, no presentó problemas de salud, más allá del golpe afectivo y psicológico por la pérdida de su madre y su hermana.

Juan Fermín Larraín recordaba cómo todas las tardes yacía en su cama, acompañado de su hijita María, quien desde la tragedia siempre se dormía entre sollozos abrazada a su padre. En las mañanas la llevaba a terapia para que le ayudaran a encajar ambas pérdidas. Juan Fermín no estaba mejor que su hija, pero no quiso recibir ningún tipo de asistencia profesional, confiando en que sería el tiempo el que le iría aliviando tan terrible dolor.

Sin embargo, tal situación estaba comenzando a generar estragos en su carácter y empatía natural, que siempre fue una de sus virtudes. Ver sufrir a su hija menor y no poder hacer casi nada, o desentenderse de sus empresas y dejarlas funcionando sin su dirección como siempre lo había hecho, lo tenía al borde de la rendición física y mental, sin ganas, desvinculado de todo lo que lo había motivado siempre: su trabajo y su familia, ahora reducida a su hija menor.

Como es natural, comenzó a sentir odio hacia todo lo relacionado con el negocio de la salud y especialmente contra los médicos y las compañías farmacéuticas, a quienes hacía responsables de la muerte de su esposa y su hija. Solo lo motivaba a luchar el odio hacia los laboratorios que estaban suministrando las inoculaciones sin ninguna responsabilidad, tanto esos laboratorios como los médicos que las promovían y los medios masivos, que las justificaban.

Mientras estos sentimientos de amargura y rencor se hacían más grandes y poderosos, sus socios mantenían en buena forma los índices de compras, producciones y ventas de productos de sus tres empresas. Así recibía los dividendos adecuados que le permitían vivir holgadamente y cubrir las necesidades de su hija y las suyas. En lo psicológico no podía hacer nada más que socorrer a su hija con especialistas, algo que no parecía progresar para nada.

Comenzó a investigar al CEO chileno de la compañía de fármacos productora de las inoculaciones que recibió su familia. También lo hizo con la empresa en la que trabajaba su esposa, la que obligó a vacunarse a su personal y dio facilidades para que lo hicieran también los integrantes de sus familias.

Sus movimientos, sus reuniones sociales, sus viajes al sur del país y al extranjero, sus compras, los miembros de sus familias, sus hobbies, sus lugares de veraneo y de descanso, todo fue observado y estudiado por él en los últimos diez meses, sin comentar con nadie sus investigaciones. En los doce meses transcurridos desde la muerte de su esposa e hija, crecía en Juan Fermín Larraín un conocimiento y también una animadversión hacia estas personas difícil de esconder, aunque lo hacía y muy bien. Dedicó gran parte de su tiempo a revisar lo concerniente a estas dos personas y sus familias, pues su sufrimiento y el de su hija era consecuencia de estos inescrupulosos CEO. Sabía que existían muchos responsables más: los dueños de esas empresas, los jefes de investigación de los laboratorios, los inductores como George Southgate, Anthony Fox, Bill Gump y otros magnates de quienes no obtuvo mayores antecedentes que no fueran los públicos, más toda aquella cúpula invisible de la pirámide de maldad Iluminada. Ese grupúsculo conocido como "el cabal", del que cada vez se va sabiendo un poco más.

Sabía que esos dos gerentes chilenos no eran los más importantes ni los únicos responsables de su tragedia personal y la de, por lo menos, diecisiete millones de personas más en todo el mundo. Aquellos eran una parte ínfima de toda la estructura comprometida con lo que estaba sufriendo mucha gente. Aunque eran mandos menores en la cadena, sintió el deseo infinito de castigarlos y dejar una señal a sus superiores de que existen personas capaces de tomar la justicia por su mano, ante la inacción del aparato judicial y las organizaciones internacionales que debieran protegerlos, al estar involucrados, comprados o amenazados.

Con todos los antecedentes reunidos sobre las dos personas en las que había concentrado su furia, comenzó a dilucidar las posibilidades que tenía de cobrar su venganza y, al mismo tiempo, emitir una, quizás, mínima advertencia para los superiores que él ya había identificado. «El cobro» debía ser, pues, lanzar un mensaje a nivel internacional.

A poco andar en sus pensamientos y posibilidades, se dio cuenta de que, con todo, debía seguir atendiendo a su hija menor, por lo que consideró encontrar otras personas que pudiesen colaborar en llevar a cabo su venganza.

Pensaba en esto después de haber tomado un taxi hasta su casa en La Dehesa, pues no usaba a su chofer en aquellos movimientos. Reflexionaba sobre su deseo de que su lucha justiciera se uniera a la de los abogados en el ámbito nacional e internacional que se habían atrevido a enfrentar legalmente a las empresas farmacéuticas y a la OMS. No obstante, para él, los eventuales éxitos obtenidos por estos profesionales, distaban de garantizar un castigo justo en un tiempo adecuado, por lo que se reafirmaba a sí mismo en lo imperioso de tomar medidas más personales como afectado directo e integrante de un país que siempre ha servido como laboratorio, con la obvia y conveniente ganancia partidaria de sus autoridades.

Cuando aceptó que no podía llevar a cabo personalmente su represalia, tanto por las necesidades de su hija María, su falta de conocimientos, su condición física y su carencia de aptitudes para ejecutar lo que planeaba, comenzó a buscar a esos posibles ayudantes.

III. El pariente

Primero había hurgado sobre algunos investigadores privados que halló en Internet. Le complicaba no poder compartir sus propósitos y pedir orientación a alguien sin exponerse él, a su hija y a su familia en general. Esta búsqueda fue más difícil que la propia investigación de los dos responsables de su desgracia, ya que era consciente de que el dinero hace cantar a todo el mundo, incluso a quienes se creen incorruptibles. Lo más difícil fue saber hasta dónde ofrecer y a quiénes ofrecerlo. Si los consultados hubiesen sido políticos, ya sea de derecha o de izquierda, habría sido fácil, ya que todos ellos son corruptibles y caros, entendiendo que el costo no era problema para sus capacidades económicas. A diferencia de eso, se encontró con personas bastante humildes, pero convencidas de su rol y lealtad a sus jefes. Lo supo porque varios entregaron antecedentes inocentemente, pensando que no era tan importante lo que compartían.

A poco andar descartó a los investigadores privados. No conocía ni el ambiente ni el rubro y no podía exponer sus propósitos sin aumentar su vulnerabilidad. Tampoco tuvo la posibilidad de introducirse ni consultar el mundo de la delincuencia para contratar un «encargo» del tipo que aspiraba. Todo le pareció muy difícil, muy expuesto y no disponía de recomendaciones ni de los contactos de personas o agencias con ese tipo de ofertas. Buscó en Internet, pero no encontró nada útil para los efectos que quería obtener.

Ya tenía material de investigación suficiente como para decir que conocía varios detalles interesantes de las vidas de sus víctimas. Por supuesto que era insuficiente para ejecutar las eliminaciones de estos bandidos de cuello blanco, pero sí algo inicial para proceder con los estudios de detalle que tendría que efectuar con la o las personas a quienes encargaría la ejecución de su venganza.

Aunque Juan Fermín Larraín no es un creyente de ir a misa todos los domingos, sí es católico y acepta en su espiritualidad la existencia de Dios, pero con incongruencias significativas, como por ejemplo no cuestionar la venganza que quiere consumar. Sabía que el quinto mandamiento de la Ley de Dios es «No matarás», pero en su interior se justificaba con lo que había consultado, también en la Biblia, en el Éxodo 21:24: «ojo por ojo, diente por diente, mano por mano, pie por pie», y lo veía como la base de cualquier justicia que funcionara. «¡A veces me siento en deuda con Dios cuando quiero equilibrar las cosas, cuando quiero participar activamente en darle a cada uno lo suyo, ya que la justicia oficial está podrida y corrupta y, cuando quiere actuar como es, no la respaldan los otros poderes!».

Hizo una breve revisión hasta ese momento: ya tenía los antecedentes básicos de los dos responsables que había identificado en su desgracia; ya estaba convencido que la justicia actual jamás daría satisfacción a sus pérdidas; ya estaba convencido, también, de que haría lo necesario para cobrar venganza, no con sus manos, pero sí a través de otras personas u organizaciones.

En su memoria buscaba amigos o familiares capaces de ejecutarla o que conocieran personas que pudieran hacerlo. Todos sus contactos estaban en ambientes laborales, que distaban mucho de estar vinculados a un rubro tan complejo y peligroso. Pero revisando a los integrantes de los familiares de su difunta esposa, recordó la existencia de un primo de unos treinta y ocho años, militar, experto en Operaciones Especiales del Ejército, recién retirado con el grado de Mayor, quien decidió abandonar la Institución por su actitud rebelde y de desafío constante a la autoridad. La verdad es que en el ámbito familiar se comentaba que «lo habían retirado». Juan Fermín lo había visto solo un par de veces en las grandes reuniones familiares de los Cañas, pero le generaba simpatía y se veía una persona de confianza. Después de conseguir la forma de ubicarlo por celular, tomó contacto con él y lo invitó a Santiago para conversar.

En una rara y fría mañana de principios de febrero, Juan Fermín Larraín se reunió en el café C'est Si

Bon del Parque Araucano con Guillermo Cañas García, el primo de su esposa. Un hombre corpulento, que superaría los 180 cm de estatura, con un cuerpo que mostraba buena condición física. Ambos llegaron de forma independiente en taxi, por la avenida Kennedy, con una diferencia no mayor a siete minutos. Todos estos movimientos que Juan Fermín Larraín hacía, los seguía efectuando sin utilizar sus autos, para disminuir las posibilidades de ser reconocido.

—Buenos días, Guillermo, gracias por venir —dice Juan Fermín Larraín—. Has sido bastante puntual, considerando el tráfico en días de semana. Te llamaré Willy, si me lo permites, tal como te llamaba Isidora.

Guillermo lo mira de arriba abajo, le tiende la mano y lo abraza.

—Hola, primo, te reitero mis sentidas condolencias por la terrible pérdida de Isidora e Inés —expresa con tono sincero y sentido. Luego agrega con aire coloquial y relajado—. ¡Para que veas que todavía mantengo las buenas costumbres y el respeto por el tiempo de los demás, aunque pocos lo crean! Pero me tienes intrigado. ¡La temprana hora y el lugar me dice que quieres hablar de algo importante y más bien personal o de trabajo! ¿Qué quieres decirme?

Juan Fermín Larraín, después de tomarlo del brazo y agradecer nuevamente su pésame, lo conduce fraternalmente hacia el café, mientras le preguntaba (sin responder a su pregunta aún) qué estaba haciendo y cómo había sido el viaje desde Talca. Lo invitó a sentarse en una mesa para dos, alejada de otras personas que estaban en el lugar. La respuesta de Willy no se hizo esperar:

—El viaje lo hice en mi auto, sin novedad y estoy alojando en el hotel Hyatt que me indicaste, muchas gracias. Estoy postulando en la Universidad de la ciudad para efectuar clases de inteligencia y seguridad empresarial, con buenas posibilidades. No me veo mucho como profesor porque soy más de acción, pero es algo para iniciarme en la vida civil. Además, mi novia es de allá y existen buenos contactos en Talca.

Juan Fermín Larraín continúa la conversación preguntando:

—¿Y tienes las herramientas para ello? Porque por muy buenos contactos que tengas, hoy te exigen estudios y experiencias que tengan que ver con esas materias y puedan engrosar tu currículum.

—Sí —responde Willy—, con los cursos de Inteligencia en el Ejército, el de Profesor Militar, más el de Comandos y el de Operaciones Especiales, me dijeron que tenía buenas posibilidades para el próximo año, por lo que aprovecharía de estudiar dos semestres de Ciberseguridad informática en GTD.

Son interrumpidos por una hermosa y coqueta muchacha que les entrega dos menús para que formularan su pedido. Ninguno se complica y piden café americano y un trozo de torta de zanahorias.

—¡Qué buena noticia que estés rearmando tu vida laboral! Y dime, tu salida del Ejército ¿cómo fue?, ¿estás muy triste?, ¿muy dolido?

—Mira, Juan Fermín, la verdad es que a medida que pasaban los años me fui dando cuenta que no todo se podía aceptar o entender solamente con la vocación. Además, por un par de razones no ingresé a la Academia de Guerra del Ejército, por lo que empecé a ver algo nublado mi futuro como comandante de tropas. Además, ya tenía veinte años de servicio válidos para el retiro, lo que me permitía una pensión con que vivir modestamente. El Ejército siempre será mi institución más querida y, si volviera a nacer, sería nuevamente militar, aunque cambiaría algunas cosas mías. Por otra parte, las circunstancias me llevaron a encontrarme con personas que hubiese querido no conocer. Todo ello me llevó a sentir algo de desilusión. Me refiero a la institución, a algunas personas y de mí en cierta forma, con respecto a mis aspiraciones y mis valores. Estoy muy agradecido de mi vida militar. Hice los cursos que quería y me entregaron herramientas muy valiosas, que incluso en el ámbito civil las valoran mucho y me ayudarán en mi desempeño afuera. Dejé a mis mejores amigos y siempre conté y cuento con la lealtad de todos los que fueron mis subalternos que, en definitiva, es de lo mejor que puedes obtener en la vida.

—Me alegro que estés en paz con nuestro Ejército y contigo mismo. Pero quizás te interese mi oferta o, mejor dicho, la solicitud que pienso hacerte —Juan Fermín dejó de sonreír y bajó levemente la voz.

—Bueno, primo —dice Willy—, te agradezco todas las ofertas que me hagas, pero si son laborales, ya sabrás que yo soy nulo para el comercio y las finanzas en general, rubros a los cuales se dedican tus empresas. Sí podría supervigilar la seguridad de tus instalaciones, o bien, la seguridad informática a partir del año entrante.

Juan Fermín Larraín se lo queda mirando, se reacomoda en su silla y espera antes de hablar. Pensó que esa pausa le daría la solemnidad que esperaba para ese momento y tratar tan delicado tema.

—Mira, Willy, esa oferta de trabajo que imaginas en alguna de las empresas que tengo es válida y la puedes considerar desde ya y para cuando quieras, pero lo que haré es pedirte que estudies la posibilidad de hacer un trabajo para mí en forma personal—. Juan Fermín Larraín lo mira fijamente a los ojos, tanto para que sienta la seriedad de su solicitud que aún no le dice, como también para ver si Willy expresa o demuestra en su actitud algo, lo que sea, después de oírlo.

Willy quedó un tanto intrigado. Arrugó el ceño y quedó pensativo un instante. Luego le dice a Juan Fermín:

—No contestaste nada cuando te comenté lo extraño de la hora y el lugar de nuestra reunión, ya que están tus oficinas o incluso tu casa; también pregunté por su importancia o si es personal o de trabajo. ¡Supongo que me lo dirás ahora!

Juan Fermín vuelve a reacomodarse en su silla, mira a las personas que se encuentran en otras mesas confirmando la suficiente distancia para hablar con seguridad y le dice:

—Verás, Willy, lo que te diré es muy delicado y comprometedor. Escúchame la síntesis que te haré y no me digas nada hasta que termine. Llevo meses pensando en esto y no lo he podido hablar con nadie. Me siento con la confianza de confesarte mis propósitos y sé que serás reservado en todo lo que tenga que ver con este tema. Es algo familiar. Tiene que ver con la muerte de tu prima y de tu sobrina. Quiero vengarlas y ya he decidido en qué personas quiero hacerlo. Hay muchos responsables, aquí en el país y en el mundo entero. Algunos son identificables y difíciles de alcanzar y otros, desconocemos quienes son y probablemente pasará mucho tiempo antes de saber de ellos, principalmente su identidad. Pero ya he definido a los responsables directos y que son aquellos cuya eliminación dejará una señal inequívoca de responsabilidad en la muerte de miles de personas inoculadas arbitrariamente y con productos que ni siquiera han sido convenientemente probados. También quise incluir a las autoridades políticas involucradas en el negocio de las vacunas, pero se sale de las manos; además, si muriesen también esos políticos, probablemente la gente no los relacionaría con las inoculaciones, ya que tienen decenas de motivos más para ser eliminados, y haría que el mensaje se perdiera. Estuve buscando por muchos lugares para encontrar a quienes pudiesen hacerlo, pero finalmente no me atreví a contactar a nadie. Sé que lo que te estoy diciendo es peligroso, es un delito mayor, pero estoy desesperado, debo hacer algo. No descansaré hasta vengar a Isidora e Inés. No duermo ni como bien, aunque no me creas, ya he perdido 18 kg, me he desentendido de mi trabajo, se me parte el corazón ver a María con una tristeza inmensurable, sin ánimo. Sé que mi venganza no me devolverá a mi mujer y a mi hija, pero creo profundamente que, si la justicia formal no detiene los abusos médicos y farmacéuticos en esta dictadura sanitaria, lo haré con mi justicia: ojo por ojo y diente por diente.

Willy permaneció en silencio durante toda la explicación que hizo Juan Fermín. No dijo absolutamente nada. Estaba perplejo, pero no demostró nada en su actitud. Estaba atónito con lo que le decía su primo político, sin embargo, no le costó mucho ser empático con él y comprenderlo realmente en su dolor y su rabia. Pensó que la solicitud que le hacía Juan Fermín se salía de todos los cánones legales existentes para él. Ciertamente, había sido en su carrera militar algo temerario, desobediente, imprudente e irrespetuoso con algunos de sus superiores en el Ejército, pues no aceptaba los abusos, la estupidez o los cínicos aduladores de los superiores, pero jamás se le había pasado por la mente participar en una venganza que ni siquiera era suya directamente. Pero sabía y sentía que lo que estaba escuchando iba muy en serio.

—Primo, entiendo tu dolor y sabes muy bien que lo comparto plenamente: tu dolor es mi dolor también. Pero estamos hablando de palabras mayores. Una venganza implica asesinatos y daños colaterales que difícilmente se pueden evitar y que debemos considerar. Sabes que esto no lo he hecho nunca y no sería nada fácil. No sé si soy capaz de responder ahora a tu solicitud. No sé, además, si soy capaz de hacerlo y consumarlo sin consecuencias para nosotros y nuestra familia. Además, necesitamos mucha información.

Juan Fermín no espera para responderle.

—Sé que no es fácil la respuesta ni ha de ser inmediata ni en otro momento. No quiero presionarte, respóndeme cuando puedas. Respecto a la información necesaria, ya tengo bastante, aunque probablemente sea básica, pero ya tenemos algo.

—Primo, la actividad que me pides es la antesala de cambios sustanciales en tu vida y la mía, con consecuencias imprevisibles en lo laboral y la vida en general. Si acepto, ya no seremos los mismos de hoy.

Ambos permanecen callados un momento, luego Willy agrega:

—Si bien comparto tu dolor y tu rabia, en los próximos días te diré si comparto participar en tu venganza.

Juan Fermín Larraín pidió la cuenta y la pagó. Hablaron brevemente de cómo estaba el alojamiento de Willy; que si requería algo, cualquier cosa, le avisara al celular. Se despidieron cordialmente y se retiraron del lugar.

Juan Fermín sintió un gran alivio al poder explicarle a alguien, por fin, lo que estaba atravesando y lo que deseaba hacer. Realmente ignoraba la respuesta que le daría su primo político, pero igual descansó al hablar del tema con alguien que le merecía la mayor confianza.

Mientras tanto, Willy quedó con la tarea de evaluar y reevaluar las circunstancias y el propósito de Juan Fermín. Pensó en las consecuencias personales, en su posible trabajo en Talca, en su novia, en su proyecto de vida que recién había modificado plenamente con su salida del Ejército. Pensó en su prima y en su sobrina fallecidas, en su sobrina pequeña, en la familia en general, en Juan Fermín Larraín Contreras específicamente y en cómo solidarizaba con él, con su desgracia y con su deseo de venganza.

Gracias a Dios, en el Ejército siempre estuvo bajo entrenamientos y ejercicios que permitían a la institución reconocerla como efectivamente disuasiva, así como sentirse él con capacidades bastante seguras, pero nunca tuvo la experiencia real de combate. Siempre eran escenarios parecidos, pero nunca es igual un escenario o un conflicto a otro. No obstante, se sentía con la capacidad de planificar y actuar en una operación como la solicitada, algo acotada y pequeña en cuanto a los involucrados, pero muy específica y difícil si algo salía mal.

Recordaba que en todos los ejercicios de entrenamiento en los que participó, incluso con eliminación de autoridades o comandantes adversarios, siempre fue con el respaldo de una guerra declarada y siempre con los medios adecuados, humanos y materiales y la consabida seguridad de los involucrados.

Analizó que la experiencia de sus cursos le daba las herramientas adecuadas para ejecutar lo que le habían pedido. Lo que ahora quedaba por evaluar era si su ética, su moral y sus valores estaban conformes para poder responderle a su primo en forma positiva.

Pasó toda la tarde y noche dando vueltas a sus pensamientos. Sabía que lo de planificar y consumar una venganza le era posible, pero seguía masticando en su cabeza la idea de involucrarse en un par de asesinatos y sus posibles daños colaterales, justo ahora que iniciaba una nueva vida en lo laboral y sentimental; sin embargo, su corazón le recordaba permanentemente su estrecha relación con las dos muertas y con su primo político, que estaba desesperado y podría llegar a hacer algo demasiado estúpido hallándose solo.

La moral y los valores siempre practicados en su querido Ejército, le impedían dar una respuesta rápida, convencida y ampliamente afirmativa. Dio vueltas a sus principios religiosos y en cómo las virtudes que siempre practicó y enseñó a su gente, ahora le planteaban grandes contradicciones en este sentido.

Recordó también que vivir con ese dolor sin resolver, tanto su primo como él mismo, sería un lastre que se transformaría en algo insoportable e injusto, sobre todo cuando se tienen, no solo las motivaciones, sino los medios para aliviar ese peso de alguna manera.

Pensó que, si cada paso se ejecutaba con precisión, las repercusiones serían mínimas y era posible que el mensaje al que aspiraba su primo pudiera tener impacto social a nivel nacional, por lo menos, aclarando los motivos de los asesinatos.

Al cabo de una noche, Juan Fermín recibe una llamada por celular:

—¡Primo, estoy a tu disposición! ¡Dime cuándo nos reunimos para ver detalles!

Tras colgar, Willy sintió su corazón y su mente muy agitados porque se estaba involucrando derechamente en algo complejo, ilegal, peligroso y contra las leyes de Dios. Pero luego recordó lo que estaban haciendo los laboratorios farmacéuticos, la OMS, los políticos, etc. y se dijo que lo suyo no sería nada comparado con lo que ellos hicieron.

IV. El plan inicial

Al día siguiente del encuentro primero, se reúnen nuevamente, ahora en el barrio El Golf, sobre la calle Isidora Goyenechea, en el restaurante Oporto Steak Bar. El reloj marcaba las 19:35 del martes 7 de febrero. Después del saludo se sentaron en una mesa situada en la esquina del salón, apartados de otros clientes buscando cierta privacidad. Juan Fermín no quiso usar su propia casa, principalmente para que su niña no los distrajera.

—¡Te agradezco en mi nombre y en el de mi esposa e hijas por tu ayuda! Sé que lo que te he pedido está muy apartado de lo común y que existe un riesgo de vida y un cambio radical en tu futuro —comenta Juan Fermín, a lo que Willy responde que después de meditar amplia y profundamente lo que significaba todo aquello, decidió ayudarlo y vengar la muerte de su prima y sobrina, y tangencialmente la de muchas personas más, tratando de paliar un poco la impotencia de sus respectivos familiares vivos y mitigar su dolor también, haciendo algo de justicia, dado que la oficial no haría nada.

Ambos pidieron un pisco sour de aperitivo y erizos frescos de entrada. Luego, a modo de plato fuerte, coincidieron en pedir ceviche de salmón, pulpo al olivo y tártaro de atún, acompañado de tostadas. La verdad era que ninguno de los dos tenía hambre y la sensación de empezar a sumergirse en algo clandestino y delictivo les hacía ver el encuentro como algo de trabajo más que un tema meramente social y familiar. De hecho, no pidieron vino para acompañar y solo tomaron una cerveza negra artesanal.

Una vez solos y con el maître en camino de ordenar el pedido, Juan Fermín dice:

—¿Por dónde empezamos?

—Comencemos por saber quiénes son los responsables que has definido para ver si estamos de acuerdo y, de estarlo, conocer los detalles que tienes de cada uno y sus grupos familiares y de trabajo. Además, hay algo muy importante a tener en cuenta: sus eliminaciones no deben parecer ni fortuitas ni accidentales, porque si así fuera, el mensaje se perdería. Todo el mundo debe saber y entender que sus muertes obedecen a sus responsabilidades por las pérdidas de personas inoculadas con sus venenos no probados, por involucrarse en experimentos con humanos sin seguir los protocolos existentes y buscando el vil negocio con una pandemia ficticia. Ambos sabemos que lo que presenciamos fue simplemente gripe, como hace miles de años viene ocurriendo y es parte del reseteo natural periódico de nuestro cuerpo.

—¡Estoy de acuerdo! —dice Juan Fermín— No había pensado en eso y la verdad es que había imaginado algo sutil, sin levantar sospechas de simples asesinatos. La muerte de mis víctimas no será solo un resarcimiento personal e íntimo; ha de ser ejemplificación de un juicio mucho más universal.

—Bueno —dice Willy—, ¿cuáles son las empresas y sus responsables?

—He pensado que quiero cobrarme con el CEO de la empresa farmacéutica Estoico, que fabricó la inoculación que recibieron mi mujer y mi hijita. ¡Qué sinvergüenzas! ¡Atreverse a poner un nombre así a un laboratorio que por razones comerciales es capaz de producir veneno! Con la desfachatez de hacerlo fuera de los protocolos de Koch, es decir, sin saber ni comprobar la existencia de un microorganismo diferente al de las influenzas ni estudiar y probar las vacunas en un tiempo prudente. El otro, Carlos Guzmán, es el dueño de C&C Soluciones Tecnológicas Globales, un hijo de puta temeroso de la pandemia ideada y que viene siendo una subempresa del norteamericano Bill Gump, cumpliendo órdenes superiores y que coinciden con el Plan COVID-19, de dominio y exterminio. Este mal nacido amenazó y exigió a todos sus empleados que se inocularan, haciendo extensiva la oferta a los familiares directos. Mi esposa inicialmente no quería inocularse, pero tampoco quería perder su trabajo. También quiero que este fulano pague su complicidad en este genocidio, como cabeza visible de miles de dueños y jefes que se aprovecharon de su cargo laboral y exigieron algo insólito, inconstitucional y contra los derechos de las personas, haciendo causa común con los dictámenes sanitarios abusivos y sin fundamentos, apoyados por la cúpula política.

Willy concordó que, sin ser los únicos, efectivamente eran los responsables visibles de la tragedia familiar que los afectaba a ellos y a tantas otras personas más; sin embargo, sugirió que podrían incluir a alguna autoridad política —actual o anterior— con responsabilidad evidente en este siniestro plan de exterminio. Primero sugirió al presidente anterior o también a algunos de los ministros de salud del período, como Jaime Mañalich o Enrique Paris, dependiendo de cuál fuese el que mayor daño hizo. Curiosamente, tiempo después sucedió que el presidente anterior murió en un accidente aéreo, aunque posiblemente fue fruto de otra operación paralela, fuese por la misma motivación u otra.

Juan Fermín responde:

—Me parece muy bien incluir a algunos de ellos, pero ¿será posible eliminarlos a todos y bajo el mismo concepto de «venganza sanitaria»? Aunque tú puedas tener conocimientos y prácticas como francotirador y objetivos de alto valor como estos, creo que la ejecución se complicaría demasiado y se tendría que ocupar a más personas, con todo el riesgo que ello significa.

Willy asiente y le contesta:

—Ofrezco disculpas por mi sugerencia. Lo que pasa es que hay tantas personas conscientemente responsables de este abuso sanitario, que quisiera aprovechar la ocasión para cobrarles la cuenta a todos, pero entiendo tu percepción y la comparto. Creo que la única manera de hacer un cobro más amplio sería inducir a esas personas involucradas a reunirse en un lugar y pasarle la cuenta a todos juntos. Pero eso lo podemos estudiar más adelante, según vayamos viendo la forma de ejecutar «el cobro».

Ahora que estaban de acuerdo sobre las dos víctimas representativas, Juan Fermín pidió la cuenta y la pagó. Ya eran las 21:30. Ambos tomaron un taxi y se dirigieron a la casa de Juan Fermín en La Dehesa para seguir la conversación y revisar el material que había logrado conseguir en su intento de conocer a los responsables de su tragedia y que, ahora, serían sus víctimas.

María, su pequeña hija de cinco añitos, ya estaba dormida. Permanecía en pie la señora Esther, encargada principal de la casa, quien los recibió. El resto del personal de servicio ya se había retirado. Pasaron directamente al escritorio-biblioteca, un acogedor salón recubierto con madera y estantes con cientos de libros. Cerca del escritorio había una mesa de reuniones para diez personas, con todos los adelantos tecnológicos para el caso: micrófonos, proyector, telón, etc. Arreglos que hace dos años había mandado hacer su esposa Isidora, por su cumpleaños, para que su marido realizara cómodamente las reuniones con los gerentes ejecutivos de sus empresas.

Después de abrir una caja fuerte Curitylock de tamaño mediano, extrae unas carpetas de color rojo y amarillo y las pone sobre la mesa de reuniones, para comentarlas con Willy.

—Quiero mostrarte primero la carpeta que he estado completando con antecedentes del CEO de Estoico, Rubén Echeverry. Hombre de cincuenta y ocho años, casado con una mujer muy conocida en los altos círculos sociales y dos hijos, de veintiuno y dieciocho años. Esta es una foto familiar que encontré en la revista Cosas. En estos siete últimos meses he notado que tiene una vida bastante rutinaria. Se mueve desde su casa, que queda a siete cuadras de aquí, al trabajo en auto, con chofer, a las oficinas ubicadas en el centro de Santiago. Generalmente visita cada quince días los dos laboratorios ubicados en la región metropolitana. El laboratorio de Concepción lo visita, al parecer, cada tres meses. Los fines de semana periódicamente realiza cenas en su casa, la mayoría de las veces informales, con sus empleados directos más cercanos. Juega golf en el Club La Dehesa. Como ves, nuestra víctima es casi vecino mío. Posee casas de veraneo en Cachagua, balneario ubicado a 164 km al norte de Santiago y una casona en las orillas del lago Todos los Santos, a unos 70 km al noreste de Puerto Montt, a la que concurre solo y casi todos los meses. Desconozco por qué no se le suma la esposa y los hijos en esos viajes. Al parecer, ellos prefieren el calor de la playa de Cachagua. No tiene ninguna relación, que yo sepa, con Carlos Guzmán, dueño de C&C, que es el otro elegido. Me indicaron que anualmente concurre a los Países Bajos como parte de las reuniones y conferencias concebidas por las oficinas centrales del laboratorio Estoico. He reunido otros antecedentes menores después de seguir un par de veces a su esposa e hijos, separadamente y anotando generalidades que no me parecen muy relevantes para nuestro propósito. Ah, también tiene un avión y un helicóptero. Desconozco las características de ellos, solo que el helicóptero lo mantiene casi todo el tiempo en El Tepual, aeropuerto de Puerto Montt.

Willy lo interrumpe y le pregunta:

—¿Qué escenario te parece que cumple mejor el objetivo de hacer pagar a los responsables de las muertes de Isidora e Inés?, ¿eliminar a los propios dueños o gerentes de las empresas definidas? ¿o a sus respectivas familias, causándoles directamente a ellos el dolor de las pérdidas familiares como nos ha ocurrido a nosotros?

Juan Fermín se quedó pensativo un instante y luego respondió:

—Creo que nuestro propósito se logra mejor con la muerte de Guzmán y Echeverry, porque eso demostrará nuestra justicia en el tema. Si atacamos a sus familiares, solamente afectaremos a los CEO involucrados, sin mayor mensaje que una vendetta personal. Yo quiero que el mensaje se interprete en el mundo como una acción de justicia directa a los representantes de estas firmas internacionales que actúan bajo órdenes superiores genocidas.

—Comparto tu punto de vista —agrega Willy.

Enseguida Juan Fermín continúa:

—Debo aclararte que todo el material sobre ambas personas lo he obtenido yo mismo, sin ayuda, por lo que todo lo que muestro es más bien básico, de observación física lejana, entrevistas a personas que trabajan con ellos y lo publicado en periódicos y revistas. Seguramente querrás profundizar en mayores detalles de los movimientos, viajes, etc. Aquí están las fotos que conseguí realizar y otras extraídas de medios escritos, como ya te comenté. Ahora veamos la carpeta amarilla de Carlos Guzmán, dueño de C&C. En términos generales, son antecedentes similares al anterior. Tiene oficinas en Vitacura, acá en Santiago y sucursales en Antofagasta, La Serena, Viña del Mar, Concepción, Temuco, Puerto Montt, Coyhaique y Punta Arenas. Es una empresa consolidada en el país, con convenios y asistencias tecnológicas en las empresas más importantes de Chile. También depende de una empresa matriz de Bill Gump, en Estados Unidos. Sus actividades como CEO consisten en visitar algunas empresas y universidades que solicitan los servicios de C&C en las Tecnologías de la Información que se actualizan frecuentemente, tanto en la región metropolitana como en otras regiones del país. Los fines de semana practica golf aquí en el Club La Dehesa, igual que Echeverry, pero no son amigos cercanos, solo son conocidos que han jugado juntos esporádicamente. Mantiene una casa a orillas del lago Villarrica, a 10 km. de Pucón. Es una casona que salió con todo detalle también en la revista Cosas, hace dos años. Al igual que Echeverry, tiene lancha grande, motos de agua, motos todoterreno y un avión particular, que lo usa cuando viaja al sur. Posee dos autos y dos camionetas para sus movimientos en la región de La Araucanía. Se me olvidaba decirte que Echeverry no tiene acceso terrestre a su mansión del lago Todos los Santos. Solo puede llegar en lancha, helicóptero o hidroavión a su espectacular muelle. El terreno circundante a la casa es prácticamente impenetrable, con una selva fría, tupida, no amigable y superficie abrupta. Está lleno de quebradas, a excepción del área de la casa. Dicen que ese domicilio tiene seguridad con agentes y equipos bastante sofisticados de detección de embarcaciones y aeronaves que sobrevuelan su espacio. No son como aquellas seguridades que vemos en las películas de mafiosos de drogas, con gente armada hasta los dientes en cada piso o rincón del lugar, pero sí cuenta con un sistema sutil y tecnificado, al igual que en Santiago. Esto me lo ha comentado un compañero mío de golf que ha jugado con Echeverry. Como verás, con el propósito de no ventilar mis intenciones, no he podido conseguir mucho material de ambos, pero sí espero que esto que te he mostrado sirva de algo. He destinado siete meses de trabajo a esto.

Willy lo felicita por tener el coraje de seguir a sus objetivos y agrega:

—Creo que tendremos que obtener antecedentes en detalle de varios elementos que hemos visto acá y que nos podrán dar una idea de cómo abordar nuestro asunto. Creo que, como síntesis de lo revisado, podemos decir que ambos objetivos son apropiados a nuestro propósito; que debemos pensar en cómo juntarlos, para eliminarlos en un solo esfuerzo; que podríamos definir un tercer objetivo, como una autoridad política, para incluirlo en nuestro mensaje, también en el mismo lugar que los otros dos; que, una vez definido el lugar, el momento y la ocasión, debemos definir y reunir el equipo que lo ejecutará; y finalmente, debemos estudiar los pormenores de toda la acción para que no nos relacionen con la muerte de nuestros objetivos. Luego, si salimos bien de esta, visualizar qué será de nuestras vidas en el futuro.

Mientras escuchaba a su socio, Juan Fermín, con cara de gratitud, pensaba que Willy era la persona que necesitaba para esto. Era hábil, ordenado y analizaba los aspectos necesarios individualmente en forma inicial y luego en conjunto con los otros, armando un panorama esclarecedor, como para empezar a tomar decisiones.

Willy revisaba los datos y repasaba lo que habían visto, al tiempo que Juan Fermín escuchaba en su teléfono un canal de YouTube donde una mujer, supuestamente de la constelación de Andrómeda y que orbitaba la Tierra en su nave, había tomado contacto con personas en nuestro planeta y los ayudaba a comprender mejor nuestro mundo. Le llamó la atención porque comentaba lo siguiente:

> ...los controladores de la Tierra a nivel humano están volviendo a las viejas tácticas de miedo que se remontan a la época de la Guerra Fría. Parece que no tienen mucho talento para innovar, ya que reciclan sus herramientas para causar miedo.

> Todos los gobiernos humanos están bajo el poder central de una organización más grande, el gobierno detrás de todos los gobiernos: el Cabal. Todo está compartimentado y los niveles superiores conocen todo lo que pasa en los niveles inferiores, pero no saben nada de lo que está pasando en los niveles por encima del suyo.

> Todos los políticos humanos y en todos los niveles, son marionetas, porque no tienen ningún poder real sobre las decisiones que afectan a su país o a la especie humana, solo tienen poder sobre la gente de sus países que les creen. Esto les ayuda a mantener la ilusión de que tienen un poder real, y lo tienen, sobre el pueblo y solo a ese nivel, pero para cualquier aspecto importante, deben obedecer a ese gobierno superior secreto. Los que desobedecen o intentan seguir su propio camino son rápidamente destituidos, despedidos o utilizados como excusa para iniciar una guerra.

Esas organizaciones secretas son las que deciden quién estará en el cargo a todos los niveles y simulan un gobierno elegido por el pueblo, pero solo para el control de masas.

Hay otro concepto importante a considerar: además de controlar a todos los gobiernos, también deben controlar todos los medios de comunicación. Esto es clave para ellos. Han vendido la idea de que la prensa y los medios de comunicación son independientes y que, incluso, pueden ser utilizados para desenmascarar gobiernos y organizaciones secretas, algo que solo han hecho durante décadas en series y películas.

En cambio, la prensa y los medios de comunicación de la vida real, están controlados y no dan ninguna verdad al público. Solo transmiten lo que sus dueños quieren que la gente piense en un momento determinado o sobre una situación específica.

Si algo es una verdad y la gente puede corroborar por sí misma que es así, es porque esa verdad es irrelevante. Los medios alternativos también están controlados y tienen falsos representantes que voluntariamente, a sabiendas o no, ayudan a distorsionar o desprestigiar a los reales medios alternativos, llevando la opinión del público hacia el lugar que los controladores quieren.

Todas esas sociedades secretas que controlan a los gobiernos siguen ciertas reglas y patrones de comportamiento y uno de ellos es la dualidad. Les encanta crear separación y fricción entre culturas y personas de la Tierra y lo hacen con fines de control, llevando a la humanidad en la dirección que ellos quieren, creando así su granja humana.

Es sabido que quien financió a Lenin y la revolución de octubre en Rusia en 1917 fue, nada menos, que la Fundación Rockefeller. Y esa es una parte del nivel superficial de manipulación.

La Guerra Fría fue falsa desde el punto de vista gubernamental real y solo fue un teatro para mantener el control de la población, forzándola a vivir en un claro mundo de dualidad, manteniendo un clima de miedo y economía de guerra.

Lo mismo está sucediendo ahora. Los Estados Unidos y todos los países occidentales, así como Rusia y su órbita, son propiedad del mismo grupo de sociedades secretas y, en realidad, no son enemigos, pero interpretan al teatro de serlo …»

Cada vez más desilusionado, Juan Fermín apaga su celular y cree entender un poco más toda la farsa de los test de PCR y las aparentes vacunas, la dictadura sanitaria y la mediocridad de los gobiernos, sea del lado que sean.

—¿Te parece que sigamos mañana aquí mismo, como a las 09:00? —pregunta Juan Fermín—. Mañana mi cuñada se lleva a mi hija a su casa muy temprano. No la enviaré al jardín infantil.

—Perfecto —responde Willy. Se despide y llama un taxi para trasladarse al hotel.

Antes de dormirse, Willy se quedó pensando un rato en la cama. Trató de dar con la estrategia para reunir a los objetivos y el lugar donde se haría. Resueltas esas cuestiones, tendría que conseguir a las personas y el equipo adecuado.

Al día siguiente, Willy llegó exactamente a las 8:50 am. a la casa de Juan Fermín, quien lo estaba esperando con un desayuno americano. Conversaron sobre Raquel, la novia de Willy, una ejecutiva de cuentas del Banco de Chile. Contó que era una hermosa mujer que conoció dos años atrás y que convivían desde hacía tres meses; que se sentía bastante enamorado y que estaban pensando en casarse en algún tiempo más.

—¡No sé si esta nueva tarea en mi vida me dejará concretar lo que anhelo con ella! —siguió Willy— ¡Solo el tiempo lo dirá!

Luego pasaron al escritorio de Juan Fermín para continuar su conversación acerca de la tarea autoimpuesta.

—Bueno —dice Juan Fermín—, ¿qué has pensado sobre lo que vimos ayer?

—Yo creo que debemos concentrarnos en que ambos objetivos se conozcan mejor, aprovechándonos de la pasión de ambos por el golf. Es algo que comparten separadamente cada vez que pueden. Tú también juegas golf. Deberías integrarte con uno y otro, para luego reunirlos y hacer que se conozcan mejor. De esa manera, más adelante se pueden convertir en amigos de fines de semana e incluso invitarse entre sí a sus mansiones en el sur de Chile. También he pensado que se podría afianzar ese vínculo de amistad si la compañía C&C asesora en las tecnologías de información a los laboratorios de Estoico. Podemos conseguir un ataque cibernético a los laboratorios y presentar la solución con C&C.

Juan Fermín lo miraba con rostro desganado y escéptico, a lo que Willy siguió:

—Reconozco que es una idea algo descabellada de mi parte, pero si pudieras acercarte a ambos, sobreponiéndote al odio y asco que te causan, podríamos asegurarnos de que ambos ejecuten actividades juntos y nos permitan, en una sola acción, caer sobre ellos. Si logramos lo anterior, podremos conseguir que nuestra venganza se pueda efectuar en el sur, como ya te dije, donde será relativamente más fácil entrar y salir.

—¿Hacia qué lugar te parece más recomendable que nos orientemos?

—Me parece un buen escenario la mansión de Echeverry, en el lago Todos los Santos. El lugar es muy aislado y se presta para una acción sorpresiva que no demore más de unos minutos. Secundariamente, podría ser en la mansión de Guzmán, aunque tiene el inconveniente de estar más cerca de la civilización y la extracción del personal que actuará se haría más difícil, en mi opinión.

—Habrá que conocer muy bien el terreno —recomendó Juan Fermín.

—Bueno, yo estuve revisando anoche en Internet lo relacionado con el lago Todos los Santos y obtuve lo siguiente:

«Está ubicado a 96 km al noreste de Puerto Montt y a 76 km al este de Puerto Varas, dentro del Parque Nacional Vicente Pérez Rosales. Para lo que nos interesa, tiene una superficie de 178,5 km2, una altitud de 189 m sobre el nivel del mar y una profundidad máxima de 337 metros. En su ribera se encuentran los caseríos de Petrohué y Peulla, que son caletas; ambos lugares disponen de servicios turísticos. No existe ninguna ruta terrestre que comunique estos dos poblados. Un servicio regular de navegación lacustre sobre este lago representa un eslabón de la «Ruta de los Lagos» que une a Puerto Montt con Puerto Varas en Chile con San Carlos de Bariloche sobre el Lago Nahuel Huapi en Argentina. El lago está rodeado de cerros escarpados que dejan lugar a pocas y pequeñas llanuras por la ribera norte. Destacan tres montañas nevadas: el volcán Osorno al oeste, el volcán Puntiagudo hacia el norte, y el Tronador al este. Además, está el volcán Calbuco hacia el suroeste, pero más lejano. Los bosques que cubren las laderas pertenecen al tipo llamado Selva valdiviana andina. Las especies arbóreas frecuentes y más visibles son el coihue y el muermo o ulmo. El lago tiene 36 km. de longitud en sentido Oeste–Este y en el primer tercio desde el oeste se encuentra la isla Margarita o Isla de las Cabras, de aproximadamente 2.200 m. de largo por 750 m. de ancho, con mucha vegetación. Cerca de Peulla, en su extremo Este, se encuentra el Paso Vicente Pérez Rosales hacia Argentina, con control aduanero. En Peulla también se encuentra un aeródromo de 634 m de largo».

Aún debo confirmar exactamente la ubicación de la mansión en la ribera Sur del lago, pero creo haberla identificado según las fotos que me mostraste ayer. Es un lugar al que podríamos acceder por aire o por las aguas del lago, porque no existen caminos. De hecho, las casas o mansiones existentes están todas alejadas entre sí, sin comunicación vial, en cantidad no mayor a veinticinco. Estas casas, al parecer, se construyeron en terrenos adquiridos por sus propietarios a los dueños originales, los jesuitas, antes de que se creara en 1926 el área como Parque Nacional Vicente Pérez Rosales. También se dice que algunas casas y terrenos han aparecido con dueños después de convertir el área en Parque Nacional, gracias a los negocios y prebendas de siempre de políticos, banqueros y otros. De ser este el lugar de nuestra misión, habrá que estudiar también cómo extraeremos a nuestro equipo.

Juan Fermín, con los ojos y la boca entreabiertos, atendía emocionado a las detalladas pesquisas que hizo su primo.

—¡Me tienes sorprendido, Willy! ¡Ya casi armaste el plan!

—Por supuesto que no, Juan Fermín, tenemos que trabajar mucho para que las personas, sus movimientos y reuniones puedan coincidir en un lugar tan solitario como el que estudié brevemente ayer. ¿Qué opinas? —le consulta a continuación— ¿te parece buena alternativa intentar lo que digo?

—Suena bastante razonable para mí, aunque no soy experto en estas materias. Respecto a lo de acercarme a ellos, no sé, me preocupa que mi repulsión quede al descubierto. Pero si no hay mejor opción, seré cuidadoso y actuaré como el mejor actor. En todo caso, ¿no será posible que por ese acercamiento me relacionen con ellos cuando desaparezcan del mapa?

—¡Yo espero que formes parte de sus amistades más cercanas y que también seas invitado a las actividades que ellos organicen! —Willy hace una pausa y continúa— Lo que deberá ocurrir es que finalmente tú no concurras al lugar el día de la misión. Te enfermarás y no podrás ir. Ciertamente no puedes aparecer después como único «sobreviviente». Simplemente ese día no pudiste participar y punto. ¡Y podrás continuar con tu vida normalmente! Lo que debemos incluir en este esfuerzo de reunirlos y hacerlos amigos entrañables es invitar a un tercer integrante, aparte de ti, que sea una autoridad política de la cúpula, relacionada con la salud, idealmente del gobierno anterior, pero que aún esté vigente, de modo que se lo relacione aún con la salud, con el fin de agregar claridad al mensaje que pretendemos.

—Sí, buena idea —apuntilló Juan Fermín con rostro concentrado.

—Por otra parte, si logramos que estas reuniones de los futuros amigos sean frecuentes o, a lo menos, periódicas en el sur de Chile, podremos definir el lugar preciso de la acción, el momento y los medios humanos y materiales que necesitamos. Y después, veremos cómo salir limpios de todo esto asegurándonos de que el mensaje sea claro y llegue a todo el mundo. Otra cosa muy importante es el dinero que costará esto. Debemos considerar que, si se realiza en el lago Todos los Santos, necesitaremos, por lo menos, once personas entrenadas, con capacitaciones específicas en ambientes aéreos y acuáticos. Por ejemplo, mercenarios de los que se pueden conseguir en Estados Unidos. Y agreguemos a la lista las prácticas, los traslados, el sofisticado equipamiento que se utilizaría, la aeronave para lanzar a cuatro o seis hombres, los paracaídas para salto de gran altura, es decir, para que nuestra aproximación se confunda con vuelos comerciales de rutina de las líneas aéreas, armamento de varios tipos, explosivos, equipamiento nocturno, equipos de señalización, equipos de comunicaciones, lanchas inflables y, probablemente, un avión o un helicóptero para extraernos del lugar.

—¿No será muy complicado hacerlo por el aire?

—En este momento, prefiero que nuestra aproximación sea desde el aire. En realidad, aunque tiene mayores complicaciones y aumenta el riesgo de los participantes, es más seguro que intentarlo por el lago. Dos o tres botes IBS en el lago, después de caer la noche, suena extraño y llama más la atención, aunque se haga a remo y por la orilla. Buscamos disminuir las posibilidades de detección prematura y eso me alienta a priorizar la infiltración desde el aire. No debemos olvidar que se presume, y debemos confirmarlo, que esa mansión tiene sistemas sofisticados de seguridad y detección de personas, probablemente orientados la mayoría hacia el agua del lago. De todas maneras, algo turbio debe haber en todo esto, porque la seguridad no es gratis y la encuentro desproporcionada para un lugar de descanso o veraneo.

—Solo agregar que, en esta operación, tal y como hablamos, solo deberán morir los dos CEO definidos, para no complicarnos la vida —recordó Juan Fermín—. ¿Eso podremos manejarlo?

—Sobre el papel y si todo marcha según el plan, esa es mi pretensión y al resto que los acompañe los dormimos o los aturdimos. No conviene que el mensaje sea una masacre familiar o de inocentes. La eliminación debe ser quirúrgicamente aplicada solo contra los identificados. La idea es que no se confunda nuestra acción ni con robo ni con cualquier otra cosa que no sea un cobro de cuenta por administrar y participar en el genocidio ideado como solución a la supuesta pandemia. Finalmente —agrega Willy—, nuestras víctimas deben saber lo que les está ocurriendo y sugiero que el miedo sea un ingrediente en este coctel de venganza. Ellos no deben convertirse en víctimas solo por ser representantes de organizaciones culpables y ambiciosas, no, también deben sentir miedo y arrepentimiento por someterse a sus órdenes criminales.

—Estos imbéciles ni siquiera se han vacunado. Así que será un «castigo por no vacunarse» —anota Juan Fermín en tono jocoso.

—¡Cierto! —asiente Willy sonriendo la broma y continua— Igual, no es malo recordar algunos principios, leyes y estrategias de las acciones bélicas, puesto que una buena revisión nos servirá para analizar lo que haremos. Será útil a nuestros propósitos y para hacer sucesivas modificaciones o rediseño si así se determina.

—¿A qué principios te refieres? —interrogó Juan Fermín con gran interés.

—Te cuento: De los principios de la guerra, podemos decir que estamos actuando con «Libertad de acción», ya que accionaremos en función de nuestras necesidades, sin depender de parámetros exógenos. Como en una emboscada, nuestros objetivos definirán el momento, pero el lugar y el cómo es nuestro. También accionaremos usando el principio de la «Ofensiva». Somos nosotros los que actuamos ofensivamente para alcanzar nuestros objetivos; de otra manera no sería posible. El «Mantenimiento del objetivo» es el principio que más claro tenemos, que es vengar en las personas definidas, a todas las víctimas que ellos han generado por su actuar inconsciente e irresponsable, dando un aviso importante al mundo de que en esta «granja» hay personas que sí conocen la verdad y las malas intenciones del Cabal. En cuanto a la «Economía y reunión de los medios», aunque no se han determinado aún los recursos y las personas que se emplearán en la acción, estos serán los mínimos necesarios para el éxito de nuestro accionar, procurando un golpe certero y rápido, sin la posibilidad de reacciones de cualquier tipo en el lugar. Finalmente, la «Sorpresa y seguridad», es uno de los principios que mejor hemos tenido en cuenta. La acción se efectuará explotando la sorpresa y en un lugar que nos debe permitir actuar con seguridad, tanto para aproximarnos, ejecutar la acción y desprenderse del lugar.

V. Los preparativos

Definidos los objetivos, había que trabajar en completar y complementar toda la información existente y otras por confirmar u obtener aún.

Ambos decidieron concentrar sus esfuerzos de búsqueda de información en Echeverry. Lo primero fue adquirir veinte celulares de segunda mano, con plan de prepago, luego de haber conseguido identidades «en actualización», por un precio algo elevado, pero que les permitiría mantenerse seguros y sin exponer sus verdaderas identidades. Cargaron dos celulares con apenas diez mil pesos cada uno. Pensaron que, al conseguir su «patrulla», solucionarían aspectos iniciales básicos de comunicación más adelante, con los otros adquiridos. De hecho, comenzarían a usar solo un par de ellos para contactarse entre sí.

Willy necesitaba ir al sur, al lago Todos los Santos, para hacer un reconocimiento general y ubicar sin ninguna duda la casona en cuestión. Para una mejor fachada de su viaje al sur, invitó a Raquel, su novia y se trasladó con ella a Puerto Varas. Solo debió convencerla para que pidiera permiso en el banco para ocupar en esas fechas quince días de sus vacaciones. Lo primero que hizo fue ir al Conservador de Bienes Raíces. Allí debía conseguir los planos de la casona de Echeverry, lo que logró al segundo día, luego de otorgar una jugosa propina a una de las personas externas que ayudan en trámites en esas oficinas. Ellos tienen sus propios contactos y obtienen lo que se les solicita. Al cuarto día iniciaron un tour de los lagos hasta San Carlos de Bariloche, en Argentina, que duró cinco días. Recorrieron los restaurantes de la calle Mitre y Libertad, los edificios de piedra, la gastronomía de parrillas argentinas y la actividad nocturna. Alojaron, invitados por Juan Fermín, en el Llao Llao Hotel & Resort, el mismo que alojó a James Bond en una de sus películas. Visitaron el Centro de Esquí de Cerro Catedral, sin nieve en esa época, y el lago Perito Moreno. La habitación estaba forrada en madera y disfrutaron una rica tabla de quesos maduros y unas copas de vino Malbec. Luego disfrutaron de su amor, del lugar y de su juventud hasta la madrugada. Al regreso se quedaron en el Hotel Petrohué Lodge, en la caleta de Petrohué, también construido con abundante madera y privilegiado por sus vistas al lago. Hicieron una caminata en los faldeos del volcán Osorno y, en la noche, volvieron a disfrutar el uno del otro.

El agua del lago Todos Los Santos era como una enorme esmeralda, con un entorno boscoso mágico y cuatro volcanes nevados como telón de fondo. La estela de las embarcaciones hacía fisuras en esa acuática piedra preciosa que, tras unos segundos, se borraba. La orilla sur del lago tenía cerros casi perpendiculares al agua, fría y dulce, con vegetación que se hundía, frondosa e impenetrable, donde apenas se podía ver las raíces entrelazadas y la roca. Soplaba una brisa helada que obligaba a taparse la cara cuando se salía de la cabina de la embarcación. Por el costado norte era menos abrupta la orilla y era por donde se encontraba la mayor cantidad de cursos de agua que alimentaban al lago, siendo más suave su pendiente en general. Al centro se erguía la Isla Margarita o Isla de las Cabras, también con una frondosa vegetación nativa de lingues y ulmos, al igual que las montañas que circundan el lago.

Raquel quedó enamorada de los Saltos de Petrohué, río que descarga el lago Todos Los Santos y donde la formación rocosa del suelo permitía maravillarse con saltos de agua espectaculares, pues el agua cristalina dejaba ver el fondo del río, al margen de la profundidad que existiera en cada tramo.

Embelesado con los paisajes hermosos que veía hacia donde mirara, Willy casi olvida por qué estaba ahí. La casona de Echeverry estaba en el costado sur, en un morro de aproximadamente 50 m de alto y unos 120 m de ancho. A ambos lados tenía sendas playas de aproximadamente 150 m cada una. El resto era una selva fría muy frondosa y difícil de cruzar. La otra orilla hacia el este y oeste del morro era toda vertical, sin espacio que permitiera caminar ni trepar.

A Willy le parecía irónico que entre tan pocas y privilegiadas familias que tenían sus mansiones dentro de un Parque Nacional —donde no es permitido, pero se supone que los terrenos fueron adquiridos antes de 1926, año en que se determinó la zona como Parque Nacional—, existan inescrupulosos que sean capaces de gerenciar empresas que fabrican productos tan dañinos para el ser humano. Pensaba que era injusto que algunos de ellos pudiesen disfrutar de esos lugares, cuando merecían estar presos o muertos. Estos pensamientos, sin más detalle, los compartió con Raquel.

Usó los cuatro días restantes para alquilar una lancha y salir de pesca en el lago Todos los Santos, ocasiones que destinó a observar la casona de Echeverry, reconociendo los jardines, las plantas o pisos y la existencia de un subterráneo, cuyas pequeñas ventanas podían verse, muy pequeñas, por el costado este. Confirmó que su dueño la habitó durante el fin de semana y que, previamente a su estadía, hubo un gran movimiento logístico en ella, con víveres y combustibles en gran cantidad. El CEO llegó en un avión Cessna Caravan al aeródromo de Peulla, sin su familia y con solo dos hombres de su edad. El traslado en lancha hasta la casona se produjo inmediatamente después de haber aterrizado y no volvieron a verlos hasta el lunes siguiente, en que regresaron a Peulla, para volar de regreso a Santiago o a Puerto Montt.

El sábado en la noche, apostado en un lugar del hotel con buena perspectiva, Willy vio salir la lancha de

Echeverry desde la caleta hacia el este. Sin dudarlo, bajó a conversar con algunas personas que se encontraban allí. El reloj marcaba las 23:30. Logró saber, con algunos billetes de por medio y la oferta generosa de varias piscolas, que recogió a una señora, aparentemente trabajadora del Sename (Servicio Nacional del Menor en Chile), acompañada de tres niños, de unos diez años. También supo que estas visitas y traslados eran frecuentes cuando la casa funcionaba. Se le heló la sangre cuando supuso lo que allí estaba ocurriendo y solo esperó que no fuera cierto eso que intuía. Por lo averiguado esa noche, calculó que Echeverry hacía estos viajes, al menos, una vez al mes y que casi siempre se producían de noche, mientras que en la madrugada siguiente regresaba a dejar a sus visitas. La cantidad de invitados que lo acompañaban, y que nunca sobrepasaban a dos o tres personas, coincidían con el número de visitas infantiles. Tendría que asegurarse de otras formas, pero esto era muy inquietante y, de confirmarse su sospecha, esa casa era un antro de bacanales pederastas. Seguramente, en alguna parte en la región, estarían trabajando con prostitución infantil o, quizás tanto o más grave aún, con control mental MK Ultra. Este era un instrumento de la élite para inducir a sus víctimas a realizar voluntariamente determinadas acciones y que funcionaba a través de generar un trauma mediante prácticas de pedosatanismo, unos rituales destinados al consumo de sangre y drogas que produce el cuerpo humano bajo estrés, como el adrenocromo. Willy reflexionaba indignado sobre lo definitivamente perverso, oculto y malintencionado de estas prácticas, que lograban reducir parcial o totalmente la voluntad y el juicio crítico de sus víctimas, individual o colectivamente.

La pareja decidió regresar a Santiago el martes, antes de cumplirse los quince días de permiso que solicitó Raquel quien, finalmente, supo del propósito del paseo. Los evidentes trabajos de investigación de su novio no daban para otras interpretaciones y ella, muy molesta al final del viaje, lo increpó, amenazándolo incluso con romper. Willy usó todos los recursos que se le vinieron a la cabeza para salvar la situación.

—Raquel, mi amor — le dijo—, no puedo dejar solo en esto a Juan Fermín. Yo comparto sus sentimientos de justicia y he decidido ayudarle. Espero que comprendas que la única forma de conseguir algo de justicia es hacerla por nuestra cuenta. Además, lo que creemos que hemos descubierto en este viaje al sur es asqueroso y las razones para una venganza se hacen aún más poderosas.

—¿Y no es más lógico dar cuenta a las autoridades y que ellos se hagan cargo de algo tan grave?

—Mi amor, estos magnates se mueven en círculos donde manejan una influencia tan grande que no les pasará nada. Si no nos cobramos nosotros directamente todo esto, ellos saldrán impunes y continuarán haciéndolo. Raquel, tenemos el tiempo a nuestro favor, nadie nos apura, lo haremos cuidando todos los detalles que nos permitan seguir nuestras vidas con normalidad después.

La joven, muy molesta y asustada, decidió devolverse a Talca sola, en bus, concediendo a Willy llamarlo en unos días, después de pensar bien en todo. Lo que más le molestaba a Raquel era que ese paseo tan hermoso al que su novio la invitó, tenía un propósito de trabajo y no de viaje romántico, como ella se lo había entendido inicialmente. Él, resignado a esperar a que Raquel meditara al respecto, se despidió en el terminal, quedando de pie en el andén hasta que el bus se alejó.

Una vez en Santiago, Willy se reunió con Juan Fermín en su casa y le informó de todos los detalles que obtuvo en Puerto Varas y en el lago Todos Los Santos. Al conocer las sospechas de Willy de que en esa casona se cometían delitos de pederastia, Juan Fermín no podía creerlo, quedando totalmente alterado por la indignación.

—¡Con mayor razón tenemos que eliminar a estos mugrientos! —gritó desencajado Juan Fermín antes de tomar aire para concretar cuanto antes el plan— ¿Qué deberíamos hacer para confirmar tan grave sospecha? Lo que no haremos es dar aviso a la policía. Tal como están las cosas hoy en día, ni ellos son confiables, porque sin respaldo del gobierno, ni quieren ni pueden hacer nada. Debemos agilizar y apurar la logística de nuestra misión para que algo así no siga ocurriendo.

—Estoy de acuerdo contigo, primo —apuntó Willy con la mirada incendiada y los puños apretados.

—Para mí, esto es tanto o más grave que el propio genocidio inoculado, peor que las mismas muertes de la gente que ha creído en la famosa pandemia. ¡Mi querido Willy, no demoremos más este asunto! Comprobemos lo que haga falta y busquemos a las personas que nos ayudarán. ¡A la brevedad! Con lo que me has contado, se reafirma el lugar que habías visualizado como escenario. Solo debemos obrar con la mayor garantía de no afectar a nadie más que no sean las personas señaladas, agregando, eso así, a los amigotes pedófilos de Rubén Echeverry.

—¡Así será! —responde Willy con determinación militar—, Tú, mientras, debes hacer que Carlos Guzmán y Echeverry comiencen a reunirse y hacerse amigos. Aunque si Guzmán no es de fiestas con niños, jamás será invitado al lago Todos Los Santos.

Mientras Willy comenzaba a contactar a conocidos que, a su vez, lo conectaran con mercenarios norteamericanos, Juan Fermín se introducía en los grupos de golf de uno y otro objetivo de venganza. Ambos socios sintieron tan apremiante y necesario el golpe en el lago para poder cobrar por partida doble a Echeverry y sus visitas, que incluso si Guzmán no era participante en esas fiestas, concedieron que él pudiera quedar para otra ocasión y otro lugar. Willy también mencionó que todos los que estuvieran en el lugar de la acción pederasta debían morir. Acordaron que, aunque no participasen directamente, el personal de servicio como los de seguridad debían estar en conocimiento de lo que allí se hacía con los niños, por lo que ninguno merecía perdón. De ahí que las víctimas de la venganza, que originalmente eran dos, serían ahora más de una decena.

Sobornaron a los conductores, tanto de Echeverry como de Guzmán en Santiago. Esperaron sus respectivos días libres y se las arreglaron para ofrecerles inicialmente alcohol y seguidamente dinero. Inventaron que «la competencia» les quería hacer una mala jugada para eventualmente quedar en posición de extorsionarlos si no lograban acuerdos de precios en sus respectivas ofertas. De ambos lograron lo que querían: el conductor de Echeverry confirmó que sus viajes al sur eran mensuales y a veces cada 45 días; que no siempre lo acompañaba la familia, ya que ellos preferían la playa en Cachagua; que a veces viajaba en avión comercial y allá se movía en un avión Caravan o en un helicóptero Ecuriel; que cuando necesitaba moverse por tierra en el sur, arrendaba auto con chofer en Puerto Montt; que la casona del lago la mantenía con tres personas y tenía a tres hombres de seguridad permanentes; que cuando concurría al lago enviaba tres escoltas y, si tenía más de cuatro o seis invitados, los duplicaba, enviándolos desde el laboratorio en Santiago; que mantenía un sistema de cámaras y radares, al parecer, en el área de la casona, que lo manejaba una persona y que «los de allá se turnaban en vigilar». Respecto a la insinuación de posibles inclinaciones pervertidas del jefe, este sonrió levemente y negó conocimiento de ello, actitud ambigua que prácticamente les confirmó sus sospechas.

Mientras, el chofer de Guzmán les dijo que su jefe era fanático del golf y asistía a misa todos los domingos en la madrugada. Si bien eso no era un certificado de buena conducta —considerando el comportamiento de cientos de curas católicos— por lo menos ocupaba su tiempo en hobbies y en lavar sus pecados. También mencionó que visitaba su casona en Pucón en verano, por casi dos meses, mientras que en invierno no iba más de tres veces.

Tras indagar y confirmar estos y otros detalles sobre ambos objetivos, resolvieron que la acción debería planificarse para ejecutarla en el lago Todos los Santos sobre Echeverry y sus amigos, dentro de los cuales, probablemente, Guzmán no participaría. A Guzmán habría que prepararle otra acción y no necesariamente al mismo tiempo que la del CEO de Estoico.

Ahora quedaba conseguir la planificación de Echeverry para los próximos meses, a fin de adelantar a tiempo todo lo necesario para actuar en el lago. Esta información la debería obtener Juan Fermín, fuera sobornando a la secretaria, robando el maletín de Echeverry, consiguiendo un hacker para introducirse en su agenda del computador, o cualquier otra medida que se le ocurriera, para poder proyectar la acción eficazmente sin tener que esperarlo en el lago por un mes o más.

A su vez, Willy se encargaría de conseguir a sus mercenarios, tarea difícil, pues primero tendría que definir cómo se desarrollaría la acción, para luego determinar la cantidad de personas que la realizarían.

Con los antecedentes que contaba Willy ya sabía que el lugar contaría con, al menos, doce personas, de las cuales seis serían del servicio y seis de seguridad; además, debía sumarse a los invitados que podrían ser tres o cuatro, si se seguía el patrón de fiestas anteriores, sumando un total en la casona de dieciséis elementos. Por supuesto, no descartaba la presencia de más personas aún, aunque probablemente serían unos diez niños, con los que había que tomar todas las cautelas necesarias para dejarlos al margen de cualquier daño colateral que probablemente se generaría.

Otro aspecto relevante era definir cómo se aproximarían al lugar. Él ya sabía que no existían caminos de ningún tipo hasta la casona del lago. Solo se podía llegar a través de lancha o botes inflables por la superficie del lago, o bien, sumergidos bajo este, o bien, con helicóptero. Para llegar al lago Todos los Santos, estaba la ruta 225, desde Puerto Varas o Puerto Octay, por la ruta U-99-V hasta la caleta de Petrohué; desde Argentina también por tierra hasta Peulla, pero con el inconveniente que debían cruzarse dos lagos previos a Peulla, pasar un control aduanero y luego tomar una embarcación hasta la casona; la otra forma era llegar al aeródromo de Peulla o de Puerto Varas y luego trasladarse a las orillas del lago para embarcarse en una lancha.

Estudiadas las vías de aproximación existentes que deberían usar para evacuar la zona, posterior a la acción, Willy se abocó a evaluar los terrenos críticos: ambas playas alrededor del morro donde se ubicaba la casona; el helipuerto y sus alrededores; y la casona misma. Evaluó obstáculos como el tupido bosque circundante y las quebradas; el acceso desde ambas playas que, si bien tenían escalas, poseían bastante pendiente; y los artefactos y sensores alrededor de la casona. Calculó la visibilidad y campo de tiro, aspecto que se circunscribía al área general, a excepción del terreno alrededor de la casona, que contaba con un área despejada de unos 45 m. y la cubierta y protección existente de bosque frío que limitaba los movimientos incluso a pie. Esto otorgaría protección ante el posible fuego de la seguridad del lugar. No obstante, el área circundante de la casona tenía zonas despejadas, sin cubierta ni protección. Con todo, observó que contaba con más ventajas que desventajas. En cuanto a las direcciones de aproximación, concluyó que debería utilizar varias de ellas, tanto para llegar como para salir del lugar.

En consecuencia, la acción debería ejecutarse con un total de ocho hombres destinados al objetivo y dos hombres más, como cobertura, protegiendo el área del helipuerto y ofreciendo recambio a los equipos de asalto, evitando la llegada y salida de personas hacia y dentro del escenario. A su vez, tanto en el aeródromo de Peulla como en la caleta de Petrohué y en la Isla Margarita, debería situar a tres parejas de seguridad con el mismo propósito de los dos anteriores. Estos últimos no necesariamente debían ser mercenarios, aunque después de su minucioso análisis de los parámetros de esta misión, determinó que todos los participantes fueran idealmente extranjeros, para evitar contactos y contratos de personas del propio país. Los recursos para financiar la operación estaban y no era necesario escatimar en gastos.

Ahora tocaba definir qué cualidades debía tener cada uno de los contratados. Considerando lo particular del área objetivo, las cámaras, radares y posiblemente detectores de movimiento, debía asegurarse la aproximación como una fase de alto riesgo dentro de la operación, por lo que confirmó que, de hacerse desde el aire, debía ser mediante salto a gran altura. De este modo, la aeronave parecería de vuelo comercial y no alertaría a nadie. También estimó la aproximación por el lago usando la isla frente a la casona, para mayor protección visual o de un probable radar, especialmente durante la noche. Las parejas de seguridad de Petrohué y Peulla podrían alcanzar sus puestos, la primera por tierra, y con lancha la segunda, cruzando el día anterior en embarcación turística. Estos deberán concurrir a sus puestos con su equipamiento y armas, aún por definir. El resto lo haría a través de una infiltración aérea a gran altura, saltando en total de diez hombres: nueve mercenarios, más Willy, movilizando a ocho hombres para la acción en el objetivo y a dos para asegurar el área del helipuerto. Se suman a lo anterior las tres parejas de seguridad (Petrohué, Peulla e Isla de Las Cabras o Margarita), por lo que deberían contratarse un total de quince mercenarios. El lugar visualizado para el aterrizaje de los paracaidistas estaba a unos 500 metros al oeste de la casona, posición que otorgaba garantías por distancia y altura con respecto al personal de seguridad de la casona. El lugar despejado estaba separado por el espeso bosque y las quebradas, si bien, con el equipamiento de los hombres, habría que pensar en un desplazamiento sigiloso de un tiempo no menor a dos horas para cruzar los 500 m. Este lugar debería marcarse previamente para dirigir a los saltadores al lugar. Contaba con una playa cercana desde donde acceder al área y se usaría en caso de decidir marcar con un guía de lanzamiento, o bien, dejar un aparato que emitiera la señal de radio o visual requerida para orientar a los paracaidistas a la zona de aterrizaje.

Willy se reunió con Juan Fermín en su escritorio, que servía como base de operaciones y en donde programaba, revisaba y planificaba todo. Expuso su idea y Juan Fermín la encontró de película:

—Creo que tiene los ingredientes necesarios para asegurarnos el éxito y que ninguno de los degenerados que ingrese a ese lugar salga vivo. Concuerdo con tu propuesta, así que cuenta con los recursos para ejecutarla.

Willy no sabía si su plan sería aceptado por los mercenarios. Era una idea general de la maniobra, pero no tenía ni la experiencia práctica ni la aprobación de estos «soldados de fortuna». Quedaba ahora contactarlos y contratarlos.

Como apoyo para contactar mercenarios, Internet ayudó bastante. Buscó a dos empresas militares privadas: Executive Outways y Earthline International. Después de varias horas consiguió sus correos comerciales, ayudado principalmente por un militar norteamericano con quien hizo amistad unos años antes en los ejercicios internacionales en los que participó mientras estuvo en el Ejército. Aquello estrechó su vínculo fraternal, habiéndose forjado en sus peculiares trabajos y no en fiestas, lo que aseguraba un lazo de amistad, respeto y confianza.

Finalmente, contactó a Rowan Macintoch, un excapitán del Ejército NA. con quien habló brevemente del proyecto. Le hizo una síntesis de la cantidad y características del personal requerido y Macintoch mostró interés inmediatamente, señalando que tenía lo necesario y que viajaría a Chile en cuanto tuviera definida «la patrulla» de la misión y la forma de ejecutarla. Le quedó claro que la tarea debía ejecutarse pronto, ya que la oportunidad podía presentarse rápidamente y Willy sabía que su próximo viaje a Petrohué debía hacerlo con este gringo.

Una vez arribado al aeropuerto de Santiago, Rowan se reunió con Willy y Juan Fermín en casa de este último, donde fue informado de todo. La muerte de Isidora e Inés fue definida como la motivación o propósito de la venganza, que debía representar un mensaje para el mundo. Le describieron el lugar estudiado como escenario para la acción, los antecedentes que habían reunido, los detalles de la casona, su ubicación y, finalmente, la acción en proyecto.

Rowan escuchó atentamente y sin interrumpir. Al término de la exposición les dijo:

—La verdad es que no nos interesa el motivo por el que nos contratan. Las razones que albergan nuestros clientes para consumar un encargo de este tipo no nos importan, aunque en lo personal, comparto su dolor y su rabia. Con respecto a la información recopilada, aunque buena, aún es insuficiente y deberemos completar algunos datos. En cuanto al área del objetivo y la forma de ejecutarlo, en términos generales, me parece factible y ustedes han adelantado bastante. El equipo que he seleccionado en EE. UU. está atento y listo para viajar hasta acá. Me gustaría hacer un reconocimiento al lago Todos los Santos con Willy, para confirmar algunos aspectos y comenzar a tomar decisiones relacionadas con el armamento y el equipamiento general a traer. Debemos buscar la aeronave adecuada y evaluar los movimientos más factibles para infiltrarnos. Igual de importante es definir la forma de extraernos del lugar. Mientras tanto, se hace imprescindible encuadrar el tiempo en que podrá ejecutarse, para elaborar nuestro horario regresivo. Al término de nuestro reconocimiento del lugar, haremos un listado de lo que se necesita para la patrulla y haremos viajar a sus integrantes hasta acá.

Willy se sintió satisfecho cuando Rowan dijo que el proyecto le parecía realizable, pues lo más frecuente era que los mismos mercenarios diseñaran su plan de acción y no se limitaran a recibir una planificación ajena.

Los siguientes días fueron revisando en el papel y en las fotografías e imágenes satelitales disponibles, todo lo relacionado con el área objetivo, la casona, la planta baja, la alta, la superior y la subterránea, los patios, jardines, helipuerto, playas, muelle, lancha para quince personas, escalas, vegetación circundante, vientos predominantes, nubosidad del área y su altura en diferentes temporadas, frecuencia de los tours, horarios de cruce del lago, cantidad de empresas turísticas en la zona, características del aeródromo de Peulla, ayudas de navegación, si existía torre de control, dotación de carabineros en Peulla, Petrohué y Paso Aduanero Vicente Pérez Rosales hacia Argentina, entre otros.

Mientras más revisaban imágenes, fotos, cartas topográficas, mapas y videos, Rowan repetía una y otra vez sobre lo hermoso que era el lago, lo mucho que se parecía a un fiordo noruego llamado Sognefjord que no tenía nada que envidiarles y que los volcanes nevados a su alrededor le daban un aire mítico muy evocador.

A fines de abril viajaron ambos a Puerto Varas y luego a Petrohué para estudiar y confirmar lo que ya habían constatado en los croquis e imágenes de la zona. Estudiaron la casona durante la noche también, comprobando que ambas playas contaban con iluminación muy fuerte, tanto en la arena como hacia el lago, y que las orillas aledañas no permitían un acceso garantizado, ya fuera por el tiempo que debería emplearse, como por su dificultad. Si bien era posible acceder desde el lago por esas playas, el riesgo de detección era muy superior a lo que podían permitirse, el generador eléctrico estaba lejos de las playas y posiblemente la seguridad muy cerca como para anularlo.

Transcurridos quince días, Rowan regresó a EE. UU. con una idea bastante clara de la acción que debían acometer. Quedaba por definir aún la aeronave con que infiltrarse a gran altura y cómo harían para la exfiltración de la patrulla después de la acción.

A su vez, Juan Fermín seguía contactando personas que le pudieran proporcionar información, principalmente de Echeverry, aunque no dejaba de buscar también sobre Guzmán. Con respecto a este CEO, la idea original de hacerlos amigos entre ellos ya no tenía la fuerza inicial, ya que era poco probable que Guzmán participara del otro hobby de Echeverry, haciéndose menos verosímil reunirlos en un lugar donde actuar sobre ambos al tiempo.

Consiguió contactar a dos personas: una muy habilidosa en informática y otra, un experto en cajas fuertes, a quienes logró introducir en el laboratorio Estoico como parte del personal de aseo. Estaba impresionado por lo sencillo que había resultado este trámite. En tres semanas, el hacker y el otro experto habían entrado a la oficina de Echeverry. El informático escudriñó el computador de escritorio del CEO y no encontró mucho, pero sí estaba su agenda, que logró copiar sin ningún inconveniente. Simultáneamente, el otro logró abrir la caja fuerte y, además de algunas carpetas con documentos triviales, encontró una pistola Sig Sauer P226, bastante dinero en efectivo, que tenía órdenes de no tocar, y un disco duro externo de 2 TB. Como debían dejar todo absolutamente igual que como lo encontraron, el informático procedió a copiarlo, lo que le llevó no más de nueve minutos, pudiendo salir del lugar sin contratiempos. Ambos debieron continuar en su trabajo de aseo por los dos meses siguientes, renunciando uno primero y posteriormente el otro, sin levantar sospechas.

Ya en casa de Juan Fermín revisaron el material. La copia del disco duro externo de Echeverry tenía de todo. Después de burlar claves, seleccionaron la información que requerían. Ya habían ubicado la agenda de Echeverry en el computador de escritorio, mientras que en el disco duro externo se encontró los detalles del equipamiento de seguridad de la casona del lago, sus capacidades de detección, características de los equipos y, por si fuera poco, imágenes y contactos sobre su inmundo pasatiempo. Esta información la compartió en detalle con Willy y en términos generales con Rowan, quien se abocaría a estudiar la forma de burlar los detectores y radares que estarían en la casona del lago.

La agenda de Echeverry mostraba un viaje que realizaría a los Países Bajos y Bélgica como parte de las reuniones anuales que organizaba el laboratorio Estoico en sus oficinas centrales, entre el 18 y el 27 de agosto. Allí se reuniría con la gerencia general de la empresa y todos los cabecillas repartidos por el mundo.

También tenía marcados algunos fines de semana con un velero, lo que llevaba a deducir que señalaba las fechas en que visitaría la casona del lago. Esos veleros normalmente se ocupaban desde los viernes hasta los lunes. Los fines de semana marcados estaban distanciados entre sí de forma irregular, pero ninguno se separaba de otro por más de cuatro a seis semanas, lo que permitiría a Willy y sus hombres observar los movimientos diurnos y nocturnos en la casona y alrededores, cómo llegaban, en qué se movían hasta el lago, así como de qué personas se trataba y la logística a la que se obligaba la casona en esas ocasiones.

Con estos antecedentes, los tres concordaron que la acción se daría el fin de semana subsiguiente al marcado con el viaje a Europa, es decir, el que tenía velero entre el 8 y el 11 de septiembre.

Esto les procuraría tiempo para conseguir los equipos de armamento, explosivos, tranquilizantes, comunicaciones, visión nocturna, paracaídas, oxígeno individual, consolas de oxígeno para la aeronave, brújulas, la o las aeronaves, botes, trajes de neopreno, oxígeno para botellas de inmersión, las historias ficticias de la patrulla para sus movimientos, los ensayos, etc. Todo ello implicaba comenzar a reunirse en Santiago a fines del mes de junio.

Willy y Rowan, en coordinación vía Zoom algunas veces y otras por WhatsApp, en forma casi diaria, revisaron el material que utilizarían para la acción, el cual debería ser sencillo, liviano y efectivo. Los quince mercenarios ya estaban seleccionados, contratados y listos para reunirse en Santiago y comenzar los preparativos. Para ello efectuarían eventualmente algunos ensayos y además, para no levantar sospechas, viajarían en fechas distintas en grupos no mayores a tres personas, durante el mes de junio, debiendo estar todos reunidos en Santiago el 22 de junio.

Pasó el tiempo cumpliéndose las etapas de ensayo y, por fin, el viaje de Echeverry a Europa se produjo el 17 de agosto, permaneciendo allí hasta el 27 del mismo mes. Su cercanía con Müller, el CEO general de Estoico, le motivó a invitarlo al Lago Todos los Santos, junto con algún amigo de su confianza, ya que conocía sus inclinaciones pederastas también. Müller respondió que le avisaría. Esta información la consiguió Juan Fermín de sus indagaciones a través de la secretaria de Echeverry, a la que convenció anunciándole que quería hacerle un juego de golf sorpresa para su cumpleaños el fin de semana del 9 de septiembre. Gentilmente, la secretaria respondió que Echeverry no estaría en

Santiago, pues tenía una visita muy importante en su casona del sur.

No podían creer la sincronía de que se reunieran en el lago todos estos personajes justo el fin de semana elegido para la acción. Era fácil deducir que su esposa e hijos no estaban considerados en las actividades de esos días en la casona.

En cuanto a las armas, se utilizaría el fusil de asalto liviano M4-A1, con silenciador 3D para combate urbano, con cargadores de 30 tiros. Era un arma confiable, que podía disparar en ráfagas de tres tiros o en ráfaga completa de todo el cargador, muy liviana y perfecta para combate cercano. Por supuesto, todos portarían cuchillos Ka-bar.

El equipamiento de visión nocturna sería con el ENVG-B, que les ayudaría tanto para la aproximación desde la DZ (Drop Zone o zona de descenso) hasta la casona y, eventualmente, para salir airosos ante un corte de luz en ella, producida por la propia patrulla o por quienes están en ella. La orientación durante el vuelo de descenso de los paracaidistas sería por medio de GPS hasta la DZ.

Las comunicaciones se efectuarían a través de radios portátiles Harris, XL-150-P, ofreciendo vía táctica segura y confiable para las comunicaciones entre los tres equipos de seguridad del lago y especialmente entre los integrantes de los equipos de acción en el objetivo, incluido el de seguridad en el helipuerto.

Los paracaídas serían diez del tipo MC-4. Las ventajas de estos era que tanto el paracaídas principal como el de la reserva tenían las mismas características de capacidad de peso (180 kg) y misma maniobrabilidad que el paracaídas principal, en caso de que un mal funcionamiento obligase a alguno de los saltadores a liberarse del paracaídas principal (Cutaway) y utilizar la reserva. El aeropuerto de salida sería Cerrillos, en Santiago y, después del lanzamiento sería aterrizado en el aeropuerto de Valdivia, en espera del Equipo de Exhibición de Salto Libre, que nunca llegaría. Cada paracaidista llevaría su armamento y munición, su equipamiento de visión nocturna y la alimentación mínima correspondiente para permanecer en la zona de salto y actuar esa misma madrugada, a las 5:30.

Los botes inflables IBS serían dos y estarían preparados durante la noche del 6 al 7 de septiembre en la caleta de Petrohué. Sus nombres claves serían «Verde 1» y «Verde 2». Cada uno sería tripulado por los equipos anfibios lacustres. Uno de esos botes se utilizaría como alternativa de evacuación, en caso de que la exfiltración por medio del helicóptero tuviera algún inconveniente.

La señalización de la zona de descenso o DZ, a 500 m al oeste de la casona, sería marcada por la pareja anfibia que cubriría el frente desde la Isla Margarita, quienes accederían a la DZ por la playa frente a esa área, desde su bote inflable, entre las 00:30 y las 01:00

del día 8 de septiembre, dándoles tiempo para regresar al lago y mimetizarse en dicha isla. Desde allí podrían controlar las llegadas y salidas desde ambas playas de la casona.

Este equipamiento se compraría en EE. UU. a través de Rowan y se enviaría por barco, dentro del contenedor compartido de una de las empresas de Juan Fermín, quien se encargaría personalmente, en la aduana portuaria de San Antonio, de recibir y retirar los contenedores y pagar «rapidez» y «aprobación» sin sobresaltos.

El avión para la infiltración aérea a gran altura sería un Cessna 208-B Caravan para catorce pasajeros, alquilado a la empresa de cargas aéreas Ágilcargo, inicialmente rentado para «exhibiciones aéreas» de salto libre en el sur de Chile. Se configuró para lanzamientos a gran altura instalando una consola de oxígeno para los paracaidistas y se adaptó la puerta a una de corredera, para asegurar la presurización de la aeronave. Posteriormente, se arrendarían dos Caravan más, para que pernoctasen en Peulla el 8 de septiembre. Esto después de que se hubieran retirado las aeronaves que traerían al dueño de casa, invitados y refuerzo de seguridad y servicio. Entonces se daría la evacuación de los equipos de seguridad del lago y del helipuerto, más los de asalto de la casona, sumando a catorce hombres.

La infiltración del resto de la patrulla sería de la siguiente forma: el equipo de seguridad de Peulla, «Piedra 1», alcanzaría su puesto en la operación viajando como turistas gringos, senderistas y pescadores, cruzando en embarcaciones de turismo que abundan en el lago Todos los Santos, desde Petrohué, el día seis de septiembre. El equipo de seguridad de Petrohué, «Piedra 2», llegaría por tierra desde Puerto Varas, en un auto arrendado y se instalaría en el Hotel Lodge Petrohué. Luego asumirían como equipo de seguridad lacustre «Verde 1» y «Verde 2», el equipo de seguridad lacustre en Isla Margarita, el día 7 de septiembre en la mañana, debiendo hacer la reserva del hotel con cuarenta días de anticipación.

Finalmente, la extracción se realizaría con dos helicópteros del tipo Airbus H145, con capacidad para ocho personas más su piloto cada uno, contratados en el aeropuerto El Tepual, Puerto Montt, de la empresa para vuelos turísticos Eco-Sports, los cuales deberían arribar a la casona el 8 de septiembre a las 7:30 am. Posteriormente, serían transportados hasta Peulla, para ser extraídos por dos aviones Cessna 208-B Caravan hasta San Fernando, a orillas de la Ruta 5, a 130 km al sur de Santiago. El helipuerto en la casona del lago debería mantener una fisonomía limpia, sin cadáveres a la vista, a fin de no alarmar a los pilotos contratados y parecer un vuelo normal de acercamiento entre ese lugar y el aeródromo de salida desde Peulla hacia Santiago. Esta medida de contar con los helicópteros para extracción era una estrategia de duplicidad de medios, puesto que también estaría disponible la lancha para quince personas de Echeverry en su muelle de la casona, transporte lacustre que quedaría como medio alternativo de los helicópteros que no pudieran llegar a la casona en la madrugada siguiente.

Las características del área de la casona, aislada y solitaria, la inexistencia de altos ruidos que alarmaran a la gente del sector y la hora de la acción, prácticamente no delatarían los hechos hasta que el propio Juan Fermín llamara anónimamente a carabineros para indicarles que acudieran a la casona, lo que haría una vez que los catorce hombres de la patrulla hubiesen aterrizado en San Fernando no antes de las 12:00 de ese mismo día. Los dos hombres restantes, es decir, la pareja de seguridad de Petrohué, debía retornar a Puerto Varas, devolver el auto arrendado y viajar en bus a Santiago.

Todo el equipamiento utilizado sería convenientemente guardado, destruido o escondido en los lugares usados por cada equipo (tres de seguridad en el lago, el de la acción en el objetivo y equipo de seguridad del helipuerto), viajando de regreso a Santiago sin ningún material utilizado en la operación. Se asumiría serenamente la alta inversión en la adquisición de ellos y su posterior abandono. Quizás parte de estos servirían más adelante para otro trabajo.

En cuanto a las historias ficticias de todos los integrantes de la patrulla, se decidió que simplemente serían turistas, aprovechando el movimiento normal en la zona, utilizada tanto para pescar como para conocer el lago, cruzar hasta Peulla o como parte de los tours hasta Bariloche.

El equipamiento de la casona para el control de su espacio aéreo era el software Flightradar24 para la vigilancia de todos los vuelos en la zona, con identificación de cada aerolínea y alturas de vuelo, lo que haría imposible utilizar una infiltración por aire exclusiva y particular e inferior a 12.000 pies de altura (4 km). Por otra parte, utilizaba un radar de vigilancia marítima de Hensoldt, de los más básicos, para control nocturno de la superficie del lago frente a la casona. Durante el día probablemente efectuarían control físico y observación humana, dado el tráfico durante todo el día de embarcaciones turísticas y de pesca.

Juan Fermín permanecería en Santiago, confirmando la salida de Echeverry y sus eventuales amigos desde la capital u otro lugar. También debería concretar el eventual viaje del propietario holandés del laboratorio Estoico y posibles acompañantes, a través de las comunicaciones del propio Echeverry o de su secretaria.

Ya estaba todo definido para la acción. Ahora se preocuparían de conseguir un lugar similar a la casona del lago para practicar una y otra vez la operación en ella y la eliminación de los objetivos, cuidando de no herir a los niños. También harían un par de saltos a gran altura en condiciones similares como ensayo y la acción en el área objetivo.

El lugar para practicar la acción finalmente lo consiguieron en una instalación abandonada de crianza de cerdos en Rapel, a 140 km al suroeste de Santiago, donde adaptaron un par de galpones con las características de la casona del lago. A pesar de que la instalación estaba abandonada, el hedor de la crianza anterior se mantenía y los gringos reclamaron diariamente esa situación, por lo que los ensayos y su sincronización de tiempos y movimientos se lograron en solo cinco días.

Los dos saltos de práctica los ejecutaron en el borde del lago Rapel, simulando, mediante marcaciones con cal, la serie de obstáculos existentes en el lago Todos los Santos, tanto de agua, quebradas, como también el denso follaje de los bosques sureños. Se repasaron los fenómenos físicos como las leyes de Dalton, Boyle, Henry y de los gases, y también la fisiología humana y sus alteraciones por la altura y aquellos sistemas y síntomas más comprometidos o frecuentes (respiratorio, circulatorio, hipoxia, hiperventilación, sistema nervioso central, visión, etc.), procedimiento en aeronave, señales para el vuelo y lanzamiento, repaso del empaque y equipamiento, entre otras.

Algo importante era que en todos los ensayos se repitió muchas veces el procedimiento a seguir en caso de que alguno de los invitados, escoltas o personal del servicio tomara alguno de los niños como escudo protector o como rehén. Para esas circunstancias, se designó a un hombre de cada pareja de operadores, para herir o eliminar inmediatamente a quien recurriera a ello, debiendo actuar con alta certeza para no herir o eliminar al rehén.

También se insistió en mantenerse permanentemente con el rostro cubierto y utilizar los celulares entregados solo para las comunicaciones internas de las personas de la patrulla.

Además, se practicó la forma de identificar y marcar a los dos CEO de Estoico, Echeverry y Müller, intentando evitar en todo lo posible eliminarlos inmediatamente. Willy y Rowan requerían hablar con ellos antes de cobrarles la vida.

Los primeros días de agosto ya estaba todo practicado y ensayado. El horario regresivo elaborado para la operación estaba en marcha y plenamente cumplido. Quedaba aún el tiempo necesario para prácticas de tiro nocturno y, por supuesto, la acción en el objetivo una y otra vez, para asegurarse de eliminarlos, como también de minimizar daños colaterales, especialmente con los niños que estarían en la casona, en cualquiera de los tres pisos más el subterráneo.

Toda la preparación estaba costando mucho dinero y esfuerzo. Se habían estudiado y repasado todos los pormenores que pudiesen estropear la planificación elaborada. La víctima principal ya estaba en Europa y se desconocía cuántos objetivos se encontrarían finalmente durante la acción, es decir, qué cantidad de amigos siniestros y enfermos sexuales se reunirían el fin de semana elegido. Tampoco era segura la concu-

rrencia del dueño europeo del laboratorio o, si de ocurrir, lo haría solo o acompañado de otros.

Respecto de Carlos Guzmán, el CEO chileno de
C&C, definitivamente se había descartado su presencia para la segunda semana de septiembre en el lago
Todos los Santos. Lamentablemente, su eliminación
había que desecharla para esta ocasión y ejecutarla en
otro momento y lugar. Dentro de todo, solo era un in-
feliz miedoso e ignorante que abusó de su condición de
jefe para obligar inconstitucionalmente a su personal
para inocularse con o sin el respectivo consentimien-
to. Sin embargo, no se descartó hacerlo, por cuanto el
mensaje a través de estas venganzas debía servir para
mucha gente que hizo lo mismo.

Willy viajó a Talca para reunirse y despedirse de su
novia Raquel antes de la misión. Aunque ella lo llamó tres días después de despedirse en aquel terminal
de buses al sur, como lo había prometido —ocasión
en que le reafirmó sus sentimientos de amor—, estaba
distante y muy sentida porque él se había involucrado
en algo demasiado peligroso. Aunque lo justificara por
ser familiar de las fallecidas, ponía en riesgo su relación y su futuro juntos. Willy, muy hábil en este tipo
de circunstancias, tranquilizó a Raquel y le comentó
algunos aspectos generales del proyecto, asegurándo-
le que no había forma que fallara, ya que el plan en
sí mismo y los ensayos reiterados demostraban que la
posibilidad de errores era ínfima. Seguidamente la llevó ese fin de semana a un tour por la Ruta del Vino en

Santa Cruz, donde se las ingenió para hacerla olvidar los motivos de su enojo, logrando disfrutar ambos de la compañía y del amor que se profesaban.

Después del intenso ardor de dos apasionadas noches de amor, Raquel quedó agradecida por esos días y le deseó a su novio la suerte que necesitaría para la tarea que le esperaba. Ella no podía creer que estuviera despidiendo a su novio como si se fuera a un ejercicio militar del que regresaría, sin mayores novedades. Lo cierto es que ahora lo despedía para asistir a una venganza que podría resultar letal y ella lo había asumido. «Definitivamente —se decía— estoy enamorada de este hombre.»

Willy regresó a Santiago para coordinar los últimos detalles pendientes de arriendo de aeronaves, pasajes, confirmación de alojamientos de los hombres en el sur, seguimiento del tiempo atmosférico en la zona objetivo, relacionado con los vientos y nubosidad para ir calculando, según cada día, el punto de lanzamiento a gran altura (PULGA); además, gestionó permisos de vuelo, infiltración, exfiltración, automóviles para traslados terrestres, entre otras. Todo con documentación personal de los gringos y suya conseguida de forma «alternativa», algo que para la operación era muy bueno, demostrando, en todo caso, que con dinero todo puede comprarse y falsificarse.

En la reunión de Willy y Juan Fermín con los quince gringos, previa al traslado a sus lugares previstos para la acción, conversaron sobre las inoculaciones, la proteína Spike, lo que estaría pasando con la modificación de las partículas de grafeno en sangre, que al ser estimuladas con el electromagnetismo de las 5G crecen y modifican su forma original, produciendo, seguramente, trombosis en cualquier parte del cuerpo.

Comentaron, además, lo que esta gente estaba haciendo con los niños y Juan Fermín, el más informado debido al interés que le despertaron estas atrocidades, decidió resumirles lo que había estado estudiando:

—El abuso sexual de menores solo es una parte de lo que hacen estos depravados. Estas sectas, en forma silenciosa y en lugares remotos, proceden a torturar y crearles a los niños y bebés, un miedo que raya en el terror y en el pánico, de manera que produzcan una hormona llamada adrenocromo, que la extraen del cuerpo con la sangre y luego se la toman para rejuvenecer, entre otros propósitos.

Hasta los mercenarios, que habían visto de todo, quedaron impresionados, pensando algunos que podría ser una broma de mal gusto.

—Creemos que algo muy importante que sigue pendiente sería redactar el mensaje que queremos entregar al mundo —prosiguió el ideólogo del plan—. Pensamos que debemos elaborar un texto que revele el origen de toda la podredumbre que evidenciamos cada día, señalando que estamos al corriente y que las muertes que generaremos son una acción necesaria contra esa élite, inalcanzable hasta ahora, pero que recibirán una advertencia creíble. Y por favor —pide

Juan Fermín—, tengan presente que todo lo que hacemos es por vengar la maldita vacuna que ya saben que no es tal, y porque queremos advertir a la cúspide Illuminati de dos cosas, básicamente: que el genocidio planificado no se permitirá nuevamente y que sus marionetas irán pagando uno a uno lo que hicieron. Descubrir lo de la pederastia ha sido una coincidencia que sumamos a nuestras sobradas motivaciones, por cuanto se dará la ocasión de reunir en un solo lugar parte de la inmundicia chilena y mundial.

Juan Fermín notó que él estaba cambiando. Desde la muerte de su hija y su mujer ya no era el mismo de antes y sabía que nunca más lo sería. Ahora estaba más seguro de lo que había estudiado y lo expresaba con más fuerza y convencimiento. Sus dudas iniciales con respecto a su resarcimiento ya no existían. Ahora se sentía responsable de hacer algo escandaloso para despertar al mundo y luchar contra lo que estaba descubriendo. Ya era otro hombre, uno que soñaba con el éxito de su misión y con lo bien que se sentiría al culminarla.

Su mayor deseo ya no era la venganza misma en las personas marcadas como responsables intermedios. Ahora su objetivo era mucho más ambicioso: quería desenmascarar a los medios de comunicación, a la OMS, a los políticos, a las farmacéuticas, al gremio médico, en fin, a todos los involucrados en la farsa y, sobre todo, despertar al mundo y advertirle sobre lo que había ocurrido y también de lo que podría venir si no hacían nada.

VI. La acción

El viernes 8 de septiembre comenzaba el añorado fin de semana para el que tanto se habían preparado todos. Querían actuar cuanto antes, de manera que el daño que seguramente causarían a los niños fuese el menor posible, aunque la fiestecita duraría viernes, sábado, domingo y lunes. Si bien, sabían que los invitados y el dueño de casa estarían un fin de semana largo, la patrulla quería que todo terminase en la madrugada del sábado 9 de septiembre.

A las 16:00 del viernes llegaron dos aviones al aeródromo de Peulla, provenientes del Aeropuerto El Tepual, con Echeverry y sus amigotes. La pareja de seguridad de Peulla confirmó la identidad de Echeverry y de Müller y otros cuatro civiles más, de quienes no tenían antecedentes. Probablemente eran acompañantes del dueño holandés de Estoico y del CEO Echeverry. El segundo avión venía con ocho hombres de seguridad. Todos fueron trasladados en camionetas al muelle de Peulla y posteriormente abordaron dos lanchas hacia la casona de Echeverry. Confirmadas las visitas sorpresa, toda la patrulla se alegró de tal concurrencia, pues el botín para la justicia se incrementó.

La pareja de Peulla avisó por radio y con el lenguaje convenido, señalaron la llegada de los vuelos y el movimiento posterior de las personas reconocidas. «Llegó Arthur y Portos a Creta»; «Arthur trae a D'Artagnan, a Aramis y a cuatro mosqueteros más»; «Portos a su vez, viene con ocho guardias del Cardenal Richelieu»; «Todos se dirigen hacia Lupiac». Esto ocurrió a las 16:22 del viernes. Desembarcados los pasajeros, ambos aviones salieron de Peulla en dirección a Puerto Montt.

Todas las llegadas fueron de bajo perfil, tanto la de las visitas e invitados especiales de Echeverry ese viernes, como las relacionadas con la logística de la casona, lo que ocurrió el día anterior, jueves 7 de septiembre, en horas de la tarde, como informó la pareja de seguridad de Petrohué a las 15:33. A su vez, la pareja de seguridad de la Isla Margarita iba confirmando el arribo de los grupos a la casona.

El aumento del botín de venganza tenía a todos muy entusiasmados, pues ese detalle permitiría intensificar la connotación que esperaba dar el ideólogo a su mensaje. Las tres parejas que estaban desde hace dos días en Petrohué, Peulla y el lago mismo, en comunicación con los paracaidistas que esperaban en Cerrillos para embarcarse en el avión que los llevaría hasta la zona del lago, también se sentían pagados con la presencia de las que serían sus víctimas.

En la salida del avión, a 22.800 pies de altura sobre el nivel del mar, equivalente a casi 7 km sobre el suelo, con −47 °C, aunque bien abrigados y equipados, se sentía el inmenso frío en la cara a través de las uniones de la máscara de oxígeno, los lentes, la caperuza y el casco, sin embargo, la vista era todo un espectáculo. Los relojes sincronizados marcaban la 1:00. La nubosidad era parcial y estaba muy por debajo de ellos, lo que permitía ver las manchas de luces de Puerto Montt, de Puerto Varas y de San Carlos de Bariloche al otro lado del largo cordón de montañas. Las puntas blancas brillantes de los hermosos volcanes Calbuco, Osorno, Puntiagudo y Tronador, eran como faroles que marcaban la zona de salto. La nubosidad parcial estaba por debajo de esos puntos resaltantes y la luna en cuarto menguante, lo que permitía admirar el escenario. La caída desde el avión y hasta accionar la apertura del paracaídas sería de aproximadamente un minuto y 25 segundos, por lo que habría mucho tiempo para gozar de la vista, aunque jamás podría durar esa fascinante caída el tiempo que cualquier paracaidista quisiera, debiendo estar sin dudas de que el sistema de apertura automática por presión, estuviera bien regulado.

Se había definido que la altura de apertura del paracaídas sería escalonada, entre los 10.000 y 8.500 pies, para no requerir máscara de oxígeno durante el vuelo de aproximación y contar con la suficiente altura para alcanzar la zona de aterrizaje prevista, lo que se clasifica como un salto tipo HALO (High Altitude Low Openning), es decir, salto a gran altura, con apertura baja o relativamente baja, considerando que se necesitaría altura para conducir el paracaídas hasta la pequeña zona de aterrizaje, que estaba rodeada de obstáculos importantes como quebradas, lago, bosques y grandes pendientes.

El grupo aéreo estaba dando cumplimiento exacto a todo lo que había practicado muchas veces, incluidos dos saltos bajo situación, más los saltos de práctica en un par de demostraciones turísticas en el centro del país.

El punto de lanzamiento a gran altura se había fijado sobre el volcán Calbuco. Después, cayendo a unos 200 km/hr apuntados hacia el lago Todos los Santos, las aperturas se produjeron en los tiempos y alturas planificadas, sobre el inicio del río Petrohué, que desagua al lago Todos los Santos. El viento en dirección oeste-este, de una velocidad de entre 15 y 37 km/hr fue comprobada por Willy al llegar a los 8.000 pies y con el paracaídas ya desplegado. La caída con el paracaídas cerrado fue de 11.000 pies, equivalente a unos 50 segundos de caída libre.

Abiertos los diez paracaídas y en las alturas asignadas sobre el lago, todos se apuntaron hacia el este, hacia un claro en la ladera de los cerros, donde estaba brillando en forma intermitente una luz estroboscópica que fue instalada y accionada por control remoto desde el lago por parte de la patrulla lacustre central.

Comenzaron a llegar al lugar marcado, uno a uno, los experimentados paracaidistas, quienes gradualmente se aproximaron a escasos metros de la luz que señalaba la zona de aterrizaje. Rowan procedió a contarlos y descartar novedades, que no las hubo, ni físicas ni de material, por lo que se abocaron a reunir todo el equipamiento de salto (paracaídas, reserva, tubos de oxígeno, lentes, máscaras de oxígeno, brújulas, etc.), guardarlo en las bolsas de aviador y esconderlos, enterrándolos en el lugar designado por Rowan, protegido de la vista desde el lago y desde el aire. Esta actividad les tomó aproximadamente una hora. Las palas utilizadas fueron recogidas por la pareja de la isla frente a la casona, haciendo durante el salto las veces de guías de lanzamiento. Las palas serían botadas al lago en el sector más profundo entre la orilla y la Isla Margarita, después de emplearlas en la acción.

Los equipos de seguridad de Petrohué y Peulla no habían comunicado nada extraordinario, mientras se producía el salto, aterrizaje y apoyos descritos del dispositivo de seguridad de la isla Margarita.

El movimiento desde la zona de aterrizaje hacia el objetivo, que en línea recta no era de más de 500 m, se inició después de una hora, que utilizaron para esconder el material que no requerían, faena que les tomó casi dos horas y media dicho recorrido de aproximación. El esfuerzo de no provocar ruidos que pudieran ser percibidos desde la casona y, además, sortear los árboles, arbustos, piedras, raíces, agua, hojas, ramas y algunas aves asustadas, los demoró bastante, pero lo hicieron en el tiempo asignado a esa actividad y no levantaron sospechas ni alarmas desde la casona, incluso, a pesar de que la dirección del viento les era desfavorable, ya que en la superficie también su dirección era de oeste a este.

Con gran sigilo, las parejas que conformaban los cuatro equipos de asalto y un equipo de seguridad para el helipuerto, fueron tomando sus ubicaciones previas al inicio de la acción en el objetivo. En este lento y cuidadoso movimiento detectaron a dos hombres fumando y conversando sentados en un banco a orillas del helipuerto, mientras, en las afueras del área de las cocinas, había otra pareja de guardias tomando café abrigados con mantas que los cubrían casi completamente. La temperatura a las 5:06 era de -2 °C, pero la sensación térmica era de unos -4 °C, puesto que la brisa helaba esa madrugada. Los guardias, que probablemente resguardaban ambas playas a los pies de la casona, no eran más de cuatro hombres, pero no lo pudieron comprobar desde la altura de la vivienda, ya que se exponían a ser descubiertos por los guardias que había alrededor de la casa y helipuerto. Cerca de las cocinas había una cabaña, detrás de la casona, que proyectaba una luz tenue y donde un guardia supervisaba los equipos electrónicos de vigilancia del lago y del espacio aéreo.

Según lo planificado, los guardias en el sector del helipuerto debían ser eliminados a las 5:30 con arma blanca, ya que los tiros con silenciador sonarían más fuerte de lo que se podía permitir. Por suerte, aunque la brisa no era menor, ayudaba a tapar y confundir los ruidos ambientales.

A las 5:30 ambos guardias del helipuerto fueron sorprendidos por la espalda y eliminados con un profundo corte en la garganta, sin la posibilidad de emitir sonido alguno. Simultáneamente, los dos escoltas que rondaban el área de las cocinas fueron adormecidos con poderosos tranquilizantes disparados al mismo tiempo. En la cabaña de control de detectores se encontraba un solo hombre, que fue eliminado con un tiro con silenciador. La pareja de asalto que ingresó a la cabaña lo hizo fácil y tranquilamente, cerrando la puerta y disparando un certero tiro en la cabeza al controlador.

A las 5:31 ya había cinco guardias «del Cardenal Richelieu» eliminados. Según las cuentas y evidencias existentes, debería haber despiertos, entre dos y cuatro hombres en el sector de las playas de la casona. El resto debería estar descansando dentro de la casona, en el área del subterráneo, que estaba asignado al personal de servicio y guardia. Según las cuentas entonces, solo quedaba el personal en la playa, los de los servicios, que estarían por levantarse, los invitados pedófilos y los niños en los pisos superiores.

El equipo de seguridad del helipuerto se dirigió al montículo frente a la casona para observar ambas playas y, desde allí, fueron eliminados dos guardias con certeros tiros en sus cabezas. No hubo reacción alguna desde ningún sector de toda el área de la mansión.

Los equipos de asalto «2 Bear» y «4 Sand» entraron a la casona y se dirigieron al subterráneo para neutralizar a toda la servidumbre, lo que se hizo mediante tiros cargados con poderosos tranquilizantes. En el lugar había cuatro mujeres y cinco hombres, probablemente guardias en descanso para los relevos y gente del servicio. A esa hora no había personal del servicio en funciones.

Después de aproximadamente 30 segundos, se confirmó que nadie había despertado y no había alarma entre quienes estaban en la residencia. Parecía todo muy fácil y la sorpresa hasta ese momento era absoluta.

Ya estaba comprobado el total de guardias apostados y descansando, a los cuales se había eliminado, por lo que quedaba pendiente el dueño de casa, Etcheverry, su invitado especial, Müller, y cuatro pederastas más, amigos de los dos mencionados.

Dado que aún estaban todos durmiendo, se comprobó la distribución de personas en la casa. Tanto el personal de guardia como de los servicios de la vivienda ya estaban ubicados e inhabilitados. Estos se hallaban en los alrededores de la casona y en el subterráneo. Ahora había que revisar los pisos superiores.

Por su parte, el helicóptero Ecuriel de propiedad de Etcheverry estaba disponible en El Tepual para concurrir cuando fuera solicitado, en no más de 30 minutos, por lo que en el helipuerto no había nada, a excepción de los dos cadáveres de los guardias.

En el último piso había dos penthouses, que estarían siendo utilizadas por Etcheverry y Müller. En ese sentido, parecía más fácil sorprenderlos y anular toda reacción defensiva por su parte, antes de eliminarlos. Era necesario comprobar con cuántos niños estarían acompañados.

En el segundo piso había seis habitaciones enormes con sus respectivos baños. Cada una de ellas fue revisada y se comprobó la cantidad de personas que había y su ubicación dentro de cada cuarto. Aún era temprano y ni siquiera había iniciado el comienzo del crepúsculo astronómico matutino (CCAM), por lo que no había más luz que la que generan las estrellas. La luna ya se había escondido. El crepúsculo náutico se presentaría a las 7:03, que es cuando el sol empieza a alumbrar el firmamento, sin haber salido todavía.

Los equipos de asalto «1 Romeo» de Rowan y «3 Winner» de Willy subieron al último piso y cada uno entró a cada penthouse. Los equipos de asalto 2 y 4 lo hicieron sigilosamente y en forma individual a las cuatro de las seis habitaciones, puesto que ya habían descartado dos habitaciones desocupadas. Tuvieron que hacerlo individualmente, porque las visitas estaban repartidas cada una en una habitación diferente.

En la segunda habitación, después de dispararle en la cabeza al hombre allí acostado, comienza a gritar el niño que yacía junto a él, provocando un sobresalto generalizado en toda la casa, con los gritos de los demás niños.

No pasaron más de 3 segundos y los adultos que estaban en el piso superior ya habían sido eliminados con un tiro en la cabeza. Fue mucho más difícil y más duro tranquilizar a los niños que los acompañaban. El disparo al hombre que los acompañaba, las armas y la ropa, visores y rostros cubiertos de cada uno de los operadores de la patrulla no ayudaron a calmarlos.

Los menores fueron reunidos en la última habitación al oeste de la casona. Sollozaban atemorizados. Había dos niñas y cuatro niños, de entre ocho y doce años.

En el piso superior estaban ambos CEO, cada uno en un penthouse, con dos niños cada uno. El desconcierto por los gritos de los niños alertó a ambos CEO, que ya estaban en pie junto a sus camas, hurgueteando sus mesas de noche buscando sus armas, pero rápidamente ambos pederastas fueron neutralizados y esposados antes de poder reaccionar. No hubo necesidad de «marcarlos», puesto que ya se habían separado y distinguido del resto de los invitados. Ambos eran los únicos vivos en los pisos superiores, además de los diez niños, gracias a Dios, mientras que en el subterráneo permanecían con vida dos mujeres del servicio, las más jóvenes. El resto, después de haber sido adormecidos, fueron eliminados con un tiro en la sien, como al resto.

La acción había comenzado a las 5:30. Después de eliminar a los guardias apostados y al controlador de la cabaña y neutralizar al personal del servicio y guardias en descanso, los relojes marcaban las 5:37.

Luego se ingresó a los pisos superiores para revisar las habitaciones utilizadas y la distribución de los niños. Pronto fueron eliminados los cuatro invitados del segundo piso, cada uno con el mismo ritual que los anteriores.

La acción en los pisos superiores se sincronizó para iniciar el ingreso a las 5:41, finalizando las actividades planificadas a las 5:44. Quedaba entonces conversar con ambos CEO antes de eliminarlos.

Willy habló con Echeverry mientras Rowan lo hacía con Müller, básicamente lo mismo en español e inglés.

—¿Usted sabe por qué su casa y sus invitados han sido atacados, Etcheverry?

—Supongo que ustedes son los redentores puritanos que vienen a salvar a los niños. ¡No tienen idea con quiénes se están metiendo!

—Salvar a los niños ha sido una feliz coincidencia, pero el verdadero motivo es castigarles y enviar un mensaje contundente a los responsables de las muertes ocurridas en la población por inocularse con las basuras de sus laboratorios, siguiendo decisiones genocidas del Cabal.

—¿Y ustedes creen que matándonos van a cambiar algo? ¿Piensan que el mundo va a cambiar? Ustedes son unos imbéciles ignorantes que no saben el alcance y el poder de los que manejan todo. No cambiará nada, nadie nos llorará a nosotros y el mundo seguirá el curso que ellos han definido, es decir, reduciremos la población y así será una granja más fácil de manejar, mientras nuestra élite será más rica y con más poder.

—Sabemos de los propósitos inhumanos que persiguen. Solo queremos expresar que sabemos las intenciones y que iremos castigando, uno por uno, a todos los propulsores del apestoso y sanguinario Nuevo Orden Mundial.

—Creo que pierden su tiempo y su dinero. Esto será apenas una burbuja en un mar hirviendo, sin ninguna importancia, sin ningún mensaje para nadie. No pierdan su tiempo, suéltennos y me preocuparé de que no haya ninguna consecuencia para ustedes. Lo de hoy lo dejaremos como un simple robo y caso cerrado.

—Creemos que su confianza sobrepasa los límites reales. Los vamos a ajusticiar y será un mensaje potente para su clase, esa que no renuncia a nada relacionado con riqueza y poder, a costa de cualquier cosa, incluso los mismos niños. Lamentamos que no entiendan la maldad intrínseca de lo que hacen, por lo que comprendemos que no tienen vuelta atrás. Seguirán con su agenda de exterminio, sin importar ninguna secuela. Por eso el Cabal debe ser eliminado.

Rowan ordena al equipo 2 que vaya a buscar a los niños y los traiga al penthouse. Él estaba convencido que presenciar la muerte de sus victimarios, de alguna manera, aliviaría la carga emocional, el asco, la furia y la incredulidad de lo que les había pasado.

Willy, aunque en cierto modo concordaba con Rowan, tenía sus reparos ante una escenificación tan impactante para la sensibilidad infantil y le dijo: ¿Estás seguro que para niños de diez años será bueno presenciar el asesinato de sus victimarios? Hacerlo podría sentirse como un tipo de abuso infantil en sí mismo, más aún con el nivel de trauma que acarrean. Perdóname, pero no estoy de acuerdo en esto. Propongo que los dejemos al fondo del pasillo, a la expectativa, pero sin visualizar lo que haremos ahora.

Rowan, a regañadientes, aceptó los fundamentos de Willy.

Ocurrido esto, le hace un gesto a Rowan y a ambos les disparan un tiro en los genitales, dejándolos vivos por 30 interminables segundos en que chillaron como cochinos de matadero. Luego, un tiro de gracia a cada uno los silenció para siempre.

Con esto se dio por terminada la acción en el objetivo, siendo las 6:02.

Uno de los guardias que se encontraba en la playa oeste de la casona, al que daban por muerto, solo había quedado herido. Como pudo, subió la escala y alcanzó a disparar a los dos integrantes del equipo de seguridad del helipuerto, que estaban ubicados cerca de la entrada principal de la casona. Uno de ellos falleció instantáneamente, con un tiro que cruzó su brazo derecho y entró por su axila al pecho, eludiendo el chaleco antibalas. El otro mercenario gringo recibió un tiro en su pierna izquierda, pudiendo responder a los disparos y eliminando al guardia que los había atacado. Maldijo a toda la familia del herido que creían muerto y al error que permitió haber sido sorprendidos tan fatalmente.

VII. Las consecuencias

En la mansión del lago no se produjeron ruidos que llamaran la atención a nadie de los alrededores. Las armas con silenciador fueron imperceptibles a un diámetro de 130 m del lugar. Tampoco había luces. Las pequeñas cargas explosivas solo se utilizaron en fuertes cerraduras del sótano, para revisar todas las dependencias, después de dominar y aniquilar a los objetivos y sus invitados. Les constaba que aquellas cerradas con llave solo contenían alimentos y herramientas de construcción.

De pronto, un grito de Rowan sobresaltó al equipo: «¡Recojan a los muertos del exterior de la casa y llévenlos a la sala!». Cuando contaron a las personas que allí estaban no salían de su asombro: «¡Hay veinticuatro muertos de los malos!», corroboró Rowan.

Entre ellos estaban: Echeverry y Müller, seis mujeres y dos hombres del servicio de la casa, ocho hombres de la seguridad, cuatro civiles de la edad de Echeverry, de los cuales dos eran extranjeros; además, el piloto de la lancha de Etcheverry y una mujer de contextura robusta, cuello corto y tez tostada natural vestida de civil, al parecer, del Servicio Nacional de Menores, que era la que acompañaba a los niños hasta la mansión. Ambos estaban acostados en el mismo cuarto. Rowan ordenó «repasar» a todos, incluso a los muertos. Los únicos sobrevivientes serían los diez niños y las dos mujeres jóvenes del servicio que se respetaron para que acompañaran a los niños hasta la llegada de las autoridades, nadie más.

Por parte de la patrulla, un muerto con un tiro en el pecho y otro gringo herido con un tiro en la pierna izquierda y un corte de vidrio en el antebrazo derecho, sin compromiso de arterias o huesos. El recuento pudo haber sido más favorable a la patrulla, pero no estuvo mal si se considera la seguridad existente en el lugar. Por lo tanto, en la casona estaba Willy, Rowan y siete gringos más casi ilesos.

—Nunca hubiese imaginado que este hermoso lago color esmeralda tuviese en sus orillas un punto de encuentro tan terrorífico. Tampoco contemplé que terminara siendo la tumba de uno de los nuestros —dijo Rowan con pesar.

Dos hombres de los equipos de seguridad de Petrohué que acompañaban en el embarcadero de la mansión de Echeverry, se aseguraron de hundir el cuerpo del operador gringo en el fondo del lago, a unos 40 metros de profundidad, envuelto en una lona amarrada, cargada de pesadas piedras, para evitar que saliera a flote.

A la parte exitosa de la operación se suman, gracias a Dios, a los sobrevivientes: cuatro niñas, de unos ocho a once años, y seis muchachos de entre seis y doce años de edad, todos con el rostro apagado e inexpresivo y a medio vestir.

Los equipos de seguridad del lago no emitieron ninguna observación y el evento transcurrió sin que nadie se percatara de los sucesos en la siniestra casona de Echeverry.

Eran las 6:30 cuando comenzaba a aclarar el día 9 de septiembre. Sin embargo, el sol quedaba oculto por una densa neblina que cubría el lago y los faldeos del este. La posibilidad de que abriera la capa de neblina era baja y por lo tanto la llegada de los helicópteros previstos no parecía factible para la exfiltración de la patrulla.

La destrucción y desaparición de los equipos empleados en la acción tomó alrededor de una hora, aunque lo más pesado y grande se botaría en el lago, en la parte más profunda, mientras se navegaba desde la residencia hasta Peulla, para tomar los dos aviones que los llevarían a San Fernando.

A las 7:35 ya estaba todo ordenado, los operadores cambiaron su ropa por una tipo hiking, los niños fueron agrupados en la última habitación del oeste a cargo de las dos mujeres que fueron apropiadamente advertidas para que los cuidaran y esperaran allí hasta que llegase la policía, previendo darles desayuno a media mañana.

Al no poder llegar los helicópteros, embarcaron en la lancha de Echeverry y zarparon rumbo a Peulla. Durante este trayecto, Willy avisó por celular a Juan Fermín del término de la acción y brevemente de su resultado. Le encargó dar aviso a la policía respecto de los niños en la casona, a las 11:00, cuando ya hubiesen aterrizado en San Fernando. El equipo de seguridad de Petrohué fue despachado a Puerto Varas a las 7:30 para devolver el auto y viajar a Santiago en bus.

Al llegar a San Fernando, todos tenían una sensación de paz y justicia indescriptible.

La policía llegó a las 12:35 del día 9, acompañada por el Sename, al lugar de la mansión, después de ser avisada telefónicamente por Juan Fermín.

Cuando llegó el cuerpo de carabineros a la casona no percibió nada anormal, a excepción de la ausencia de personas en los exteriores. La incredulidad los enmudeció cuando, al ingresar a la vivienda, encontraron a los muertos ordenados uno al lado del otro en la sala principal. Entonces comenzaron las fotos y peritajes del caso, intentando entender qué diantres había ocurrido. En el segundo piso se encontraban los diez niños que, con una palpable ansiedad contenida, comían los preparados que les habían entregado las cocineras. Al revisar el resto de la residencia, comprobaron que en el segundo piso y el tercero, todas las habitaciones estaban regadas de papeles que aclararon rápidamente lo que había ocurrido.

Dieron lectura al mensaje impreso en esos papeles, todos iguales, cuyo texto había sido redactado previamente, con un elocuente esfuerzo poético, por Juan Fermín con la complicidad de Willy:

«Estas muertes son consecuencia
de tres graves motivos que atentan a la existencia:
primero, los abusos pedófilos hechos a la inocencia
a los estragos generados sin conciencia
a miles de niños sin ninguna clemencia.

Lo segundo, la basura impuesta sin ser analizada
ni probada
que son inoculaciones con consecuencias
inesperadas,
solo dominio y exterminio a la vida quiere ser
provocada
acabando con casi todos en este genocidio de
avanzada
y comenzar así un nuevo mundo de orientación
malvada.

Lo tercero, el siniestro poder detrás del poder
que en las sombras manipulan todo acontecer
enfrentando a derechas e izquierdas por doquier
a los géneros, a lo nuclear, pero sin convencer
buscando a la humanidad reducir y someter.

A la élite y sus lacayos regados por el mundo:
aunque quieran transformar el planeta en algo
inmundo
con pandemias, poder, pedofilia y satanismo infe-
cundo
llegará para ustedes el fracaso rotundo
y serán obligados a vivir en el inframundo»

En la noche de ese día todos los noticieros del mundo ya tenían el mensaje traducido y acompañado de
imágenes fuertes de la sala de la casona y del grupo
de niños embarcando en una lancha de turismo, de
regreso hacia la caleta de Petrohué.

El gobierno chileno se deshacía en explicaciones
vagas asegurando que ordenaría la búsqueda de los
responsables hasta las últimas consecuencias, como
también una investigación, otra más, al interior del
Servicio Nacional de Menores para identificar a los
responsables de ese comercio sexual infantil.

Las repercusiones generadas por los autores de la
venganza superaron las que ellos inicialmente habían
especulado. Algunos gobiernos decentes comunica-
ron la salida inmediata, y por la fuerza si era necesario,
de todas las plantas o laboratorios de la empresa Estoico y la suspensión obligatoria de toda inoculación
relacionada con la crisis de salud llamada COVID-19.
También denunciaron el ejercicio de esta crisis practicado años antes por esa élite, ensayando lo que sabían que pasaría. También se abrieron investigaciones

en varios países sobre personas conectadas con el comercio sexual infantil, relacionando entre sí muchos de los acontecimientos aislados evidenciados en todo el mundo, como los subterráneos neoyorquinos, los contenedores de barcos en el canal de Suez, la isla de Epstein, etc.

Los gringos que participaron en la patrulla comenzaron a regresar a EE. UU., vía Europa o directamente en grupos menores. Algunos se quedaron en Chile para hacer turismo en la zona austral del país, con sus Torres del Paine y sus bosques milenarios. Otros hicieron lo mismo hacia el norte, para visitar el Salar de Atacama, San Pedro y otras bellezas del sector desértico del país. El gringo herido fue atendido en casa de Juan Fermín durante tres semanas «por una mordedura de perro» y luego viajó directamente a México. El que falleció y que fue convenientemente dejado en el lago desde uno de los botes IBS de la seguridad, se dio por desaparecido.

Rowan, antes de volar a su país, ofreció a Willy unirse a los «soldados de fortuna» que él dirigía. Este le agradeció el deseo de sumarse, pero le contestó que no pretendía mantener tal grupo, pero que en todo caso, quedaban conectados y a disposición mutua en el área sudamericana, especialmente para tareas similares a la que vivieron juntos en esta ocasión. El gringo reconoció haber quedado especialmente motivado para actuar contra personas como las que les tocó aniquilar en aquel lago.

Raquel no viajó a Santiago y se quedó en Talca, tal y como se lo pidió Willy. Sin embargo, en un giro radical de su percepción sobre esta misión, se sentía ansiosa por verlo y conversar detalles de su «buena obra».

El CEO de C&C y el o los políticos relacionados con la estafa pandémica quedarían pendientes para otra ocasión. El hallazgo y coincidencias que se dieron con el caso Echeverry bastaron para sentir el alivio y sed de justicia que aspiraban.

—Creo que lo que hemos hecho no ha sido venganza, solo hemos hecho justicia con nuestras manos y se siente bien —dijo Juan Fermín a Willy—. Nuestros valores morales, aunque hayamos atropellado algunos mandamientos de la ley de Dios, en otro sentido se ven respetados en la balanza de lo que debiera ser la justicia. ¿O me van a decir que cobrarles a los asesinos farmacéuticos y a los pedófilos no es justicia?

Willy, antes de devolverse a Talca, coordinó con su primo político una reunión en el mes de noviembre, para definir si seguir en Talca o trabajar con él en alguna de sus empresas.

—Apreciado Juan Fermín, he disfrutado bastante consumando algo que parecía una locura nuestra y he comprobado que ambos tenemos «dedos para el piano». Te diré con afecto y sinceridad una frase que expresaba frecuentemente un compañero colombiano que tuve en uno de los cursos que hice y que tiene que ver con ponerse a disposición del amigo en todos los momentos y circunstancias: «¡Pa' las que sea, mon pirry!».

Willy, además, le entregó a Juan Fermín a modo de adelanto, el mensaje que justificaba y aclaraba el propósito de la futura eliminación del CEO Guzmán, cuando fuera el momento.

—Espero que eso ocurra más temprano que tarde, para que relacionen estos hechos y el mensaje tenga la fuerza y el alcance que todos hemos visualizado —respondió Juan Fermín.

El nuevo Mensaje decía:

«Esta muerte es consecuencia
de su falta de criterio y actuar por conveniencia,
por la subordinación de muchos, enfermiza como demencia
a la pseudoautoridad sanitaria en decadencia
obligando a sus empleados sin dolencias
a las inoculaciones que limitan la supervivencia.

A la élite y sus lacayos regados por el mundo:
aunque quieran transformar el planeta en
algo inmundo
con pandemias, poder, pedofilia y satanismo infe-
cundo
llegará para ustedes el fracaso rotundo
y serán obligados a vivir en el inframundo».

—Querido Willy —dice Juan Fermín— creo que tu propuesta de mensaje es exactamente lo que necesitamos, de manera que las autoridades y el mundo entero relacionen ambos hechos y cobre más fuerza el mensaje inicial. Me gustaría que no pase más tiempo que el mes de noviembre para ejecutar la tarea aplazada, sea con Guzmán solo o con algún político de compañía, ahora me da lo mismo, porque el mensaje se entenderá igual y quienes tengan la conciencia sucia, por lo menos se pondrán inquietos. De hecho, he pensado que la segunda tarea podría hacerse acá en Santiago, sin tantos elementos humanos y materiales como en la primera tarea. Lo importante es que se muera Guzmán, que no quepa duda de lo que motivó su muerte y que se riegue el lugar de su asesinato con ese segundo mensaje. La verdad, creo que es fácil. Aprendí mucho de ti y de tus amigos gringos. Un tiro bien pegado, a distancia, y listo.

—Tienes razón y después del desarrollo de la eliminación de Echeverry, creo que resultará bastante fácil.

—Bueno, sin duda, yo no podría hacerlo solo. Necesito de tu ayuda, conocimientos y experiencia.

—Primo —dice Willy—, en noviembre planifiquemos lo de Guzmán, para que podamos ejecutarlo pronto y recibir el Año Nuevo con la tranquilidad y la sensación de haber cumplido íntegramente la misión autoimpuesta. Estoy seguro que acciones similares podrán empezar a producirse en muchas partes en el mundo.

Contenido